繁《シ》吹《ブキ》雨《アメ》×《ニ》翔《カケル》雲《クモ》

二ツ木 斗真
Touma Futatsuki

文芸社

この小説は、あくまでもフィクションです

目次

プロローグ……6
第一章　男の子は大抵ハハが好き？……11
第一節　かくして唐澤諒平は今に至る　12
第二節　夫れ阿吽像とならずんば　43
第二章　女の子は大抵ケンカっ早い？……109
第一節　やっぱりそばにいる　111
第二節　強い女と縁がある？　124
第三節　幽霊キワさん、むべなるかな　139
第四節　強い女と一緒ならば……　151

第三章　男の子は大抵ツルムのが好き？……179
第一節　どこもかしこも三者鼎立《さんしゃていりつ》？　180
第二節　うちのクラスは浅草寺？　230
第三節　あれやこれや青天の霹靂？　278
エピローグ……342
あとがき……350

主な登場人物

佐藤《さとう》　笙太《しょうた》　霊が見える高校生

キワさん　笙太と共にいる幽霊

小安《こやす》　美里《みさと》　笙太の同級生。意識不明の状態

小野塚《おのづか》　花音《かのん》　美里の親友だった

葉山《はやま》　祐司《ゆうじ》　笙太選任の弁護士で、キワさんの旧友

橿原《かしはら》　理英子《りえこ》　美里が入院している病院の看護師長

唐澤《からさわ》　諒平《りょうへい》　笙太の友達

田中《たなか》　昴《すばる》　笙太の友達

プロローグ

不鮮明ながら覚醒すると、俺は高速道路の上空に浮かんでいた。足下《そっか》で事故でもあったのか、白い煙が充満している。壊れなかったらしいカーステから、広瀬○美の冬のメドレーがもれ聴こえる。

――なんでこんなところにいる？――

不安になって、両手で顔を擦《こす》ろうとすると、両手ともすり抜けてしまう。驚いて見ると、景色が透けている。手だけではない。

――体も？　俺は一体どうしたんだ？　まさか、死んだのか？――

こうなる以前の記憶がアヤシイ。自分の名前すらとっさに出てこない……と思ったら途端に怒りが込み上げてきた。

――あの事故か？　なんで俺なんだ？――

不安を通り越して残った感情が暴発する。ひたすら怒りが沸き起こった。我知らず、自分の体から昏《くら》い靄《もや》のようなものが禍々しく滲《にじ》むのが見えた。

――誰が？　なんで俺を殺した？――

高速を覆っていた白煙が、風で払われると、昏い靄に纏《まと》われた俺は、上空から犯人を探して睥睨《へいげい》した。

多分俺のものであろう赤い乗用車には、助手席に女性がいた。その人を庇ったと思われる広い背中が、目に入った。見慣れたブルーシャツの背には、車の部品なのか、何かが突き刺さっており、血に塗《まみ》れていた。

『あれは俺なのか』と思う目の端に、茫然と見下ろす作業着姿の若い男が掠めた。「なんで？　なんで今？　最悪だ」と呟いている。

――お前か？　俺を殺したのは？――

聞こえたのか、俺の問いにぞくりと冷えたような表情になった男は、キョロキョロと周囲を窺うと、逃げるような素振りを見せた。

俺の怒りは突如沸点を超え、それまで行先不明で揺蕩《たゆた》っていた靄は瘴気となって、目的を持ったように直線的に噴き出した。

――おのれ、貴様、逃げるのか――

その刹那《せつな》、ブルーシャツに半分隠れていた顔が苦しげに歪み、微かに唇が動いた。

このタイミングでのそれは、全くの偶然なのだろうか。聞き覚えがある声に、動きを止めた。

「お願い、赤ちゃんがいるの。助けて」

はっとしてその言葉を背中に聞いた男は、突如振り返ると、豁然《かつぜん》と目を見開き、頷いた。そのまま、素早い仕草で、高速道に設置された緊急電話に走り寄り、受話器を毟《むし》り取った。

幸いにも、事故現場から十数メートルも離れていない。

「オレ、事故りました。巻き添えにした乗用車の人が瀕死っす。助手席の人は、お腹に赤ちゃんがいるみたいっす。早く、助けて！　早く来てくれ！」

そこまで言うと、すぐに消火器を掴《つか》んで戻り、赤い乗用車のそばで構えた。

「オレのカミサン、産気づいたって聞いてよ。子どもなんていらねーと思ってたのにさぁ。スピード出しちまった」

項垂《うなだ》れながら、独白が続く。

「すまねー、赤ちゃん、いんのに」

言葉が悪くても、伝わってくる……

「逃げようとしちまった。許されねーよな。とーちゃんになるっつーのに」

どういうタイプの人間であろうと……

「せめて、火からだけは守っから」

いつの間にか俺が纏っていた瘴気は拡散し、柔らかい光が体を包み込み始めた。

恨まないと言えば嘘になるだろう。怒りがないと言えば、そうでもない。けれど、今の俺からは、この若い男をどうこうしようという昏い気持ちは消えていた。

ふわりと彼女のそばによると囁き続けた。

——君を守りたい。ずっと君のそばにいたい。ただ君と一緒にいたい……——

第一章　男の子は大抵ハハが好き？

第一節　かくして唐澤諒平は今に至る

おいらを知っている人は、みんな、おいらをキワさんと呼ぶ。由来は『きもちわるい奴』のキとワ。不名誉な謂れだけど、生まれて初めての綽名だったので大事にしている。

そして、一番重要なのは、おいらが幽霊ってこと。そして、幽霊キワさんであるおいらは、おいらが見えて、おいらと喋れる佐藤笙太君という高校生と、大概一緒にいる。

これは、おいらと笙ちゃんにまつわる不思議なオハナシである。

二〇一五年、笙ちゃんが高校二年生になると、おいらとの極《ごく》静かな生活に入り込んで、笙ちゃんと親交を深めることになる同級生に出逢った。唐澤諒平という名の彼は、当初、あまり縁のないクラスメイトだった。

この諒平君の家族は三人である。唐澤姓の主であり父である諒介と、若く美しい母の明日生《あすみ》と、バスケ命の諒平君の三人。

諒平君が、笙ちゃんとかかわり合うようになった時、おいらは彼の家庭を覗きに行った。何しろ、大好きな笙ちゃんの人生を壊すような輩《やから》なら、近づけるわけにはいかないもの。

時間も空間も生きている人とは異なるおいらは、以前の様子を遡って探ることができる。未来は知りたくないので試したことがない。

入学したての笙ちゃんが、目立たないように教室に静かに存在していた頃、隣のクラスで、バスケに夢中になっているピカピカの高校一年生を見つけた。彼の肩にいつも乗っている男の幽霊にも気付いたけれど、ただそこにいるだけなので、スルーして、彼と両親の観察に集中した。

自宅まで追跡してみると、彼らは、大層仲睦まじく十七年ほどを過ごしてきたようだった。それはどんな小さな日常の光景にも溢れていた。去年のゴールデンウイークを過ぎた頃の記憶だろうか。家族旅行の計画を練っているようだった。その後、家庭内の空気が激変するのだが、おいらには、笙ちゃんへの影響が危惧されるような変化とは思えなかった。

＊

「ね、諒介さん。そろそろ家族旅行の計画を立てましょうか？　諒平の高校入学祝いがまだですもの」

五月の連休もとっくの昔に過ぎてしまったというのに、母が突然言い出した。母の提案は大抵こうして唐突だしタイミングが変だけど、何か間違ったことを言うでもなし、どちらかというと楽しいことが多いので、父もボクもすぐ乗っかってしまう。

「今回も明日さん任せでいいのかな？　ああ、ただし、いつものように夏休みは今からじゃ交代が難しいな。秋の連休とかかかな？」

穏やかな低い声で話す父の声は、別段意識してはいないのだろうけれど、心がざわついているような時も、ふと静めてくれる効果がある。

その声で母を「明日さん」と呼ぶ時は、こちらが気恥ずかしくなるくらい甘い感じが伝わってくる。母が「諒介さん」と呼ぶよりもっとずっと甘い感じを受ける。だからなのか、母も名前で呼ばれると、返事をする声が一段と華やぐ。気のせいだろうか。

「んー、じゃあ、時期は秋以降ということにして、一応入学祝いだから行き先とかは諒平に決めてもらう？」

「ああ、それでいいよ」

「それでは、諒平殿下のお気の向くままに」

「誕生祝いは別にしてね。んーそうだなー」

そんなにどこへ行きたいという希望があるわけじゃないけれど、ちゃんと言っておかないと眠たい旅行になってしまう。家族で行くなら二、三泊はするだろうから、Dランドや富士ランドは避けたいし、海やプールでもないな。下手なことを言うと美術館巡りとか全く興味のないものになってしまう。メインは、そう、食べ歩き的な？

「あっそうだ、今朝のニュースでイカそうめんとか言ってなかった？　ボクの希望は食欲の秋を満たすこと！」

「イカそうめんって北海道だったかしら？」

「函館だよ」

「函館山の夜景！」

「函館駅の朝市も有名だね」

「五稜郭もそうね。紅葉が始まってるかしら？　あら結構ありそう～。じゃ、そういうことで函館巡り二泊三日の旅に決まり！」

あ、今回は二泊三日なのね、と思ったのに、ふたを開けたら三泊四日だった。というのも、二〇一四年の九月は飛び石連休で、二泊にしても三泊にしても、二十二日月曜日を休まないと行かれない。せっかく学校を休むのなら三泊にしちゃえとは母さんらしい……。

「来年だったらシルバーウイークで、もう少し長く休めたんだろうけどねー。新幹線の開通もあるかもしれないし。うん、でも来年は来年で行けばいいし、入学祝いは今年じゃないと、気分じゃないわよね」

はいはい、どうでもいいですよ。ボクは旅行に行かれさえすれば、特に問題ないからなにも言うことはない。

新しい新幹線というのも魅力的ではあるけれど、めったに乗れない飛行機はやっぱり夢がある。どうやら車が苦手らしい母さんは、旅行の計画を立てる時には電車系を足に使うことが多い。勤め先がロードサービスで、車に乗る機会が多い父さんのためなのかな？

「問題ある？　あるならちゃんと言って」

そんなこと言って、文句を言おうものなら……いやあ、どこん家《ち》の母親も同じじゃないのかな。口を挟まないに越したことはない。

まあ、てな感じでボクの家族は比較的よく会話するし仲がいい。中学生の頃も、友人の話を聞くと、大抵のヤツは当時ですら、母親とは疎遠になるというか、口をきかなくなるというか。なんとなく距離を置くようになっていくのが普通らしい。

だけど、ボクは、学校や部活のことをはじめ、友達の話、テレビで見聞きした話、となんでもその日あったことを母に話してきた。話した方が楽しいし、時には面白い観点から助言をくれたりするから、喋らないなんていうことは考えもしなかった。

ボクが一人っ子だからかもしれないと思ったけれど、聞くと必ずしもそうとは限らない。どうやら両親が聞き上手なのが一番の理由のように思える。その証拠に、中学時代、グループ研究班のみんなを家に呼んだ時も、「お前の母ちゃん、結構すんなり話に交ざるのな」という感想をもらったことがあった。

母が、子どもに媚びているということではなく、子どものレベルに同調しているというわけでもなく、単純に評価したりせずに最後まで聞いてくれるからだろう。高校に入ってからはまだ友達を一人も招待していないけれど、母の評価に変わりはないように思っていた。

ただ、高校生になると、案外暇じゃないし、家を行き来するには遠いし、部活に忙しくて街で遊ぶこともなかったし。何より、お互い遠慮があるのか、そこまで深入りしようとしなかったこともあって、残念ながら、そのまま友人を招待する機会に恵まれなかった。

その上、去年の函館以来、旅行に行く話が出なくなってしまうような形で、高二を迎えようとは思いもしなかった。

家族の仲であれ男女の仲であれ、永遠というものは存在しないものなのかもしれない。一つの出来事をきっかけに、ボク達仲良し家族にも残念な日々がやって来ることになってしまった。そのとばっちりを最も受けたのはボク自身だった。

もう高校生とはいえ、概して仲の良かった母だから、一年生の二学期には、家族で行った函館旅行のことを長らく言い合って楽しんだし、晩秋に、同級生の事件が起きた時も、PTAの臨時招集の中身を包み隠さず父とボクとに話してくれた。それに、自分で言うのもなんだけど、ボク自身も温厚な性格で、極端な反抗期がくるとも思えなかった。

　だから、その後に信じられない状態がやってくるなんてことなど、全くもって想像だにしなかった。

　時期はかなりはっきりしている。高一の三学期だった。おかげで、春寒が身心ともに堪《こた》えた。あまりの変化に、過去が夢物語に感じられるくらいだった。今日もやっぱりどうしてよいのか分からない。

「行ってきます」と言う小さな声が聞こえはしたけれど、とても返事をしようとは思えなかった。

　ボクと母の間には、なんとも言えない微妙な距離が生じていた。ついこの間まで、出かける時は自分からついていったのに、気が付けば背を向けているのはボクの方だった。

　きっかけは、突然、母があまりボクと一緒にいたがらなくなったことだ。身に覚えのないボクは、最初戸惑った。

　実力テストの成績は悪くなかった。

　部活の汗臭いウェアは出したし、

弁当箱も帰宅後すぐに出してる。

塾もサボってない。

頼まれごとを忘れたのだろうか。

思い当たることが何一つないのに、これはないだろう。

ただ、時折遠目にボクを見て涙ぐんでいるらしい気配から、嫌われたとか軽蔑されたとか、そんな負の感情でないことは察せられ、余計困惑してしまう。

母の心にどんな変化があったのかは分からないけれど、なんとなくそれが原因だろうと思っていることはある。それまでテレビドラマにはあまり興味がなかったのに、以前からのママ友に勧められて、韓流ドラマを見始めてからのことだった。

あれは、確か二月末の学年末試験の直前の時期のことだ。その頃放映が始まったドラマで、別のチャンネルで既に放映されたのを観たママ友の勧めで見始めたようだ。

最初の数話は、期末テスト前のくそ忙しいボクを捕まえては、どの韓流俳優が日本の俳優とどう似ているとか違うとか、そのドラマのどんなところが面白いかなんてことを延々聞かされて、ウンザリしたものだった。

それが、何の前触れもなく言い訳もなく唐突に、母は、全く話をしなくなった。

通常の会話ですら滞りがちになった。

どうやら、母の様子が変わったのは、子役がかわいいと言っていた人物が成人し、途中から大人の俳優に交代したのがきっかけのようだった。その後、まるで人が変わったようになってしまった。

ドラマを観る目も、ボクを見る目も。

名前は忘れたけれど、韓国史実に実在する武官で、襲いかかる刺客から時の王を守り通した人の話だったと思う。その武官そのものではなくて、敵対する勢力側の刺客の棟梁役の若い役者が甚《いた》くお気に召したらしい。

台所の壁面には、家事をしながら観られるように、父が設置した液晶テレビに一メガバイトのメモリーを外付けしてあった。それに一話から続けて録画したのをロックして、それはもう何度も、繰り返し繰り返し観ているようだった。その俳優がアップのシーンを止めて観たりしていることすらあった。

ボクの目には、それがいい年こいたおばさんが恋しているように見えて、ちょっと引くような気もしたけれど、だからといって母を嫌うとか疎んじるという感情にまでは、至らなかった。

むしろ、問題は母の方にあった。何しろ母は、ボクの隣に来ることを躊躇するようになってしまい、どんどんその距離を縮めることが難しくなってしまったのだ。最初は、急速に一八五センチまで伸びてしまった身長のせいで、話がしにくくなったのかとも思ったのだが、隣に立つと飛び退《すさ》るように離れることを繰り返して、そうではないと分かった。

あまつさえ、前髪を掻《か》き上げていたら、「坊主頭にしない?」などと、訳の分からないことを言い出す始末。幼い頃から、あんなに長めの髪型にこだわっていたくせに、この上なく理解不能だ。

あまりの変貌が気になって、その回の分からネットで探して観てみたけれど、若い青年俳優に特に発見はなかった。ドラマでは分からないだけで、俳優本人に何かあるのかもしれないので、更に俳優を調べてみた。

その若手は子役で既に活躍していたらしく、相当幼い頃からの映画やドラマに出演したという実績を見つけることができた。ポスターや以前出演した作品も観てみたが、なかなか感じの良い役者であるということは確かめられても、原因として思い当たる節を探し出すことはできなかった。

容貌にはどこか懐かしいような既視感を覚えたけれど、別に世界的な役者ということではないから、なんとなく知識があるという俳優ということでもなさそうだった。単に、隣国と日本が、同じアジア圏の人間として近しい関係にあることが、そういう感覚を呼び覚ましただけかもしれない。

ただ、日本には本国より熱烈な彼のファンがいるらしいのは、検索に上がるブログの多さで明らかだった。確かに魅力的な俳優だけれど、母がそうしたファンの一人と思うのは少し抵抗があったし、こんなにもボクとすれ違ってしまう原因になるほどの何かが彼にあるとは思えなかった。

パソコンに向かっていても埒があかなくなって、仕方なく録画したドラマを父に観せて相談したが、ただ静かに笑って母を擁護するだけだった。

「お母さんの好きなようにさせてあげてくれ。な、今まで家族のために頑張ってきたんだから。そのうち落ち着くと思うしね」

母自身がそんなふうに主張したことはないけれど、父だって家族のために黙々と働き続けてきたのに、どうしてそんなことが言えるのだろうかと、父に対してもいくばくかの反発を感じた。

なんとなく不公平な気がするだけではない。そう言いながらも、父の瞳は一瞬揺らいで見えた。それなのに、妙に達観したような態度を取るものだから、ボクは余計イラついてしまった。

だから、お母さん子の普段のボクならば、母を憎みたくないあまり、そういう負の感情を父に向けそうなものなのだが、不思議なことに真っすぐ母へと向かった。

それで、今日もそんな違和感を埋める努力をするでもなく、居心地の悪さを誤魔化すように外出してしまった母に腹が立った。

「普通、家が居心地悪くなるのって子どもの方でないの？」

実のところ面白くないボクは、そう呟いてますます面白くなくなってしまった。反抗期という特権を取り上げられた気分である。

「行き先とか帰る時間とか言ってから行けよ」

二言目にも、どちらか親か分からないような言葉でぼやいて、余計気分が堕ちていく。

「なんにもしてないのに。なんでこっちが罪悪感を抱かなくちゃいけないんだよ」

嫌悪感はいとも簡単に悪意を纏《まと》って増長していく。確とした理由があるわけでなくても、十代の感情はいきなり核心をついて激昂するものらしい。持っていた教科書を床に叩きつけると、誰ともなしに怒鳴った。

「なんなんだよ。ボクが何したってんだよ。母さんなんか、知るか。くそっ、こんな家族キライだ。誰かボクの感情を止めてくれっ。でないと母さんを憎んでしまいそうだよ。だけじゃないや、父さんもウソくさくて。イヤだイヤだイヤだっ」

　さすがに母の背中に直接浴びせかけられなくて、見送って暫く経ってはいたが、それもいずれ面と向かっての批判に移行してしまいそうで、怒鳴りながら怖くなっていた。

　一体、何が母子を隔ててしまったのだろう。誰か答えを教えてくれないだろうか？それとも、父も母も本当は分かっているのだろうか。もう何日も同じ疑問、同じ答えを自分で想像しては、余計不快になっていった。

＊

大切な一人息子を、こんなにも悩ませている母の方にも、どう解決しようかという積《つも》りは全くないままだった。ただ戸惑って、どうしたらよいのか分からないまま、秘密がばれないように隠れるように過ごしていた。本当は、自分の揺らぎを見られたくないだけかもしれない。

何しろ、初めてその顔を見た時、時が止まったように感じた。それから、激しく否定し、家族には、この感情を隠したいと思った。

思い出すモノは全て身近から消し去りたくて、時には髪を切れなどと諒平に無体な頼みを口にしたこともあった。けれど、どうにもならなかった。

かわいい一人息子からの厳しいまなざしを受けるようになってしまって、もちろん平気なわけではなかった。

諒平の非難を含んだ刺すような視線が背中を追ってくる気がして、胸に突き刺さる。それでも、息子のそばに以前のように心安くいられないどころか、もう何を話してよいやら分からないまま距離を置くようになった。

何をしたわけでもないのに、長年自分のことも息子のことも慈しんできてくれた夫への裏切りにも感じられてしまう。

後ろめたさに振り回される。

けれど、そうした申し訳なさも、大したことではないように思えるほど、奇跡の一致は、明日生の現実感をいとも簡単に凌駕してしまうのであった。

「ごめん、ごめんね、諒平。あの俳優さん、とても似てるの、彼に……どうしたいわけでもないの。ただ、見ていたいの。見ているだけで、なんだか幸せなの」

心の中で言い訳したものの、事実を伏せたままでは、説明もできず、やはりどうしてよいか分からない居心地の悪さから、家にいられなくなっていた。

この年でスターに入れ込むことへの気恥ずかしさというのもありはしたけれど、それよりは夫や息子に対する罪悪感の方が強いような気がした。

ドラマで初めて彼を目にした瞬間、映像はスローモーションに変わった。テレビ画面から目が離せなかった。普段なら早回しに使うリモコンを持つ手が、無意識に一時停止ボタンを探した。

「この子、この子は一体誰？」

思わず口についた言葉に、自分でも驚いたけれど、それよりも知りたい方が先に立った。

そう思うと矢も楯も堪らず、スマホでドラマのキャスティングを検索していた。どこの国のどんなジャンルの映画やドラマを観ても、俳優の名前まで確認しようとしたのは、それが生まれて初めてだった。

その若い役者は、亡くなった彼に似ていた。

『似ている』というレベルではない。あの頃の彼そのものだ、そう思うと、もはや気持ちを止められなかった。封印を破られた想いは、嵐のように明日生の体中を駆け巡った。長い年月、家事や子育てのために押しやられていた感情は、一旦堰を切ると止められなかった。

逢いたい、逢いたい、逢いたい。

彼に会いたい、声を聞きたい、手に触れたい。

初恋に身を窶《やつ》す少女のように想いが募った。

＊

一方、諒平の父、唐澤諒介は、息子に相談されてからというもの、日に何度も足を止め、腕組みをして考え込んでしまうようになった。思考は過去から毎度同じコースをたどって同じ問いかけに終わる。

薄暗い夜明けの高速で、目に飛び込んだ白いうなじを今も鮮やかに思い浮かべることができる。妻との出逢いの瞬間であった。だが、その時は顔の造作を確認できる状況ではなかったから、「キレイな子だ」と心を動かされたのは随分後のことであった。

あれは初秋の割に冷えた夜だった。ロードサービスの夜番で待機所に詰めていた諒介達隊員の元に一報が届いたのは。

「四トン級トラックと乗用車が横転。既に消防および救急、警察車両等は出動済みなるも、乗用車の被害者が救出難で応援要請。隊員は速やかに出動準備にかかれ。ポイントは第三京浜の横浜港北ジャンクション付近、繰り返す……」

自身、高速の事故被害でロードサービスの世話になった経験があった諒介は、その存在の重要性を誰よりも熟知していた。そのため、事故という不幸な出来事ですら、人との縁を形成するなんらかの力が働くのではないかと思え、明日生の事故と共に、忘れることのできない記憶なのであった。

諒介自身が事故を起こしたのは、昭和の終わり頃の豊かな時代だった。

バブル期に大学を卒業し、就職した商社に勤めて三年も経ち、それなりの収入になっていた彼は、居住空間を豊かにするよりも、車にお金をかけるタイプの若者だった。かなりスピードの出る車に乗っては、週末の高速を駆け巡った。

その日は、遠出して帰りが明け方になってしまった。全体の流れではあったけれど、諒介の車も時速一〇〇キロを優に超えていただろう。事故のショックで何に気を取られていたのかは覚えていないけれど、一瞬目を逸らしたに違いない。

既に減速し始めていた前の車が突然目前に現れたように感じた。無意識に急ブレーキを踏みながらハンドルを切った。轟音を立てながら横様に流れる車は、徐々に前方の車の後部バンパーを押し込んでいった。中央分離帯に乗り上げるようにして停車した車体を目の端にとらえながら、目いっぱいブレーキに足を踏み込んだまま逆にハンドルを切って体勢を正常に戻しつつ走行帯へと進み出て、サイドブレーキも引いてガードレールを擦るように減速し、やっと路肩に乗り入れて止まった。

それでも強い衝撃が体に加わっていた。

走行帯に侵入してくる後続車がなかったことも幸いして、スピードオーバーという事実を除くと、彼の操縦は周囲への配慮のあるものと評価はされた。

当時の担当警官が呟いた。

「君の方も軽症で幸いだったな。よかったたな。相手方も車の破損状況の割に軽傷だったそうだぞ。これが重傷や死亡であったら、君の罪は極めて重いものだっただろうから、素早い救出に感謝しないとな」

それを聞いた時、不謹慎との誹《そし》りをいかに受けようとも、心底ほっとしたことを否定はできない。

交通事故においては、いかにしても救えない場合を除いて、事故車両からどれだけ素早く怪我人を助け出して病院に搬送できるか、そして適切な医学的処置につなげられるかが、結末を左右する。

誰しもワザと事故を起こしたいわけではない。現実的な話、怪我と最悪の事態では、事故を起こした側の法的責任の度合いが明らかに異なってくる。被害者のためであるのは当然のことながら、加害者側のためにも、事故処理は最大限短時間であることが求められる。

そして、何よりも相手方の両親の対応は心に残った。それは、事故の被害を最小限に留めようとした諒介の努力への感謝と、素早い対応で被害が大きくなることを事前に防いだロードサービスへの感謝であった。

「事故の原因はよく分かりませんが、うちの者が原因であれ、ただ被害に遭っただけであれ、誰にも大きな被害が及ばなかったことに感謝します。加害者側になってしまった君の方も事故が最小限になるよう努力してくださったようですし、救出するために最善を尽くしてくださった方々もそうですが、当方の軽傷は皆様の善意の賜物だと思います」

被害者の親族は、ともすればその被害者意識が嵩じて、必要以上に相手を責め立てるものだし、感情的な対応を取ったとしても『大切な家族が事故に巻き込まれた』という事実を考えれば、誰にも咎《とが》めることはできない。ゆえに、もしそういうことになってもただ粛然と受け止める覚悟が必要である。

だから、いくら事故の程度が軽微であっても、なかなか口にできることではないから、そういう公正たらんとする態度に尊敬も感じたし、かえって済まなさが募りもした。

もちろん、もし重篤な怪我を負わせたり、もっと重大な結果になったりしていたら、こうした冷静な対応であったという保証はない。そう思うと足元から震えが上ってきた。更に、重大すぎる過失は、誰もが認めたくないものだから、自分の対応もきっとこうでは済まなかっただろう。

自身の脇見運転の可能性を正直に供述したことも、被害者となった人がカーラジオのダイヤルに触れ損なって、妙な具合になったチューニングを元に戻すために、知らず知らずアクセルを踏む足が離れて、思わぬ勢いで減速し始めたという正直な供述も、死者や重症者が出なかったことによるかもしれないと、心から思えた。

以来、諒介はロードサービスへ恩返しをしたいと考えるようになり、自分もまた事故からの救出に協力したいとの思いを強くした。それがこういう事故を起こしてしまった自分の使命であるようにも思えた。

同じような事故が起きた時、親族が人の心を失ってしまうような結果につながらないようにできることをしよう。なるべく、重篤な事故の被害者を減らそう。それには、助けてくれたところの一員になるのが早道ではないか。そう思うと矢も楯もたまらず、翌月には勤めていた商社を辞めて、ロードサービスの職員になっていた。

こういう過去を経たからといって、仕事への想いを声高に主張していいとは思わない。けれど、諒介は人一倍この役目の価値、事故にかかわった人々との関係性といったものを熟知しているつもりだった。そう何度も直面したわけではないが、どんな時にもベストが尽くせるよう、心身ともにいい状態に保つ努力を惜しまなかった。

だから、あの日も、一報が入った時に、最も素早く対応したのは諒介だった。

事故現場に到着すると、見知ったハイウェイパトロールの隊員が右手を挙げた。その彼に近寄りながら、尋ねた。

「さほどのスピードじゃなかったのか？　ブレーキ痕が案外薄いよな」

「ああ、八十〜九十の間だ。加害車両はダンプの方で、こっちの運ちゃんは軽傷だから、もう話ができるぞ。乗用車の方は気の毒だけど、運転席の男性は即死。助手席の女性は要救助だ。息はあるようだが、出血の状態からみて急を要する」

手短な説明を、見分しつつ聞いた。

ざっと現場を見回すと、事故車両のすぐそばに非常電話が見えるから、トラックの運転手が比較的冷静な状態にあり、良心的であることも想像ができた。要するに事故後即座に、救急連絡をしたということだ。

被害車両の助手席側からは血が滴っており、運転手の男性と思われる背中が見えていることから、大体状況が把握できた。最も適した救助手順を頭の中で設計しながら、「フロントガラスと助手席側のドアを壊してもいいか？」と尋ねた。

「ああ、事故検分はほぼ終わってるし、現場写真も万全だ。車内の証拠品確保は後でするから、先ずは、人命優先だ」

「了解！　それじゃ、タケちゃん、救助態勢を構築して」

「はいよ。すぐいけますよ」

　タケちゃんというのは諒介の相棒で、かなりの古株だが今も現役で、こういうケースの経験が半端なく多く、しかも手際がよい。新人教育の際指導役だったのだが、ウマが合って、その後はほとんどの現場でバディを組んでいる。誰よりも信頼している相棒だから、その言葉で迷いなく事故車両に近寄った。

　フロントガラスから見える助手席側は、一旦開いたエアバッグが既に閉じていて、周囲に特有のガス臭が立ち込めていた。幸いエンジン周辺の損傷は大したことがなく、ガソリン臭もあまりしないので、火災の心配は少ない。

　これならば手早く救助できるだろう。

　目でタケちゃんに合図すると、金梃子片手に二人とも手慣れた様子でフロトンガラスを外し、ドアをひっぺがした。

「お嬢さん、今助け出しますからね」

「もう少しの辛抱ですよ」

意識のほどは医者じゃないから分からないけれど、こうした現場で負傷者に声をかけ続けるのは大事なことだ。運転手が即死しているので、そのことには触れないように気を配りながら、作業を進めた。

まずは、運転手の彼。おそらくは胸に突き刺さった車のシャフトのようなものが致命傷となっての即死だろう。助手席の女性を守ろうと堅く構えた体を梃子の原理を応用しつつそっと退けた。

それから、夕ケちゃんがドア側から彼女の背中に手を差し入れて支え、諒介がフロントから腰のあたりと右わきの下に手を差し入れて、回すように持ち上げた。瞼が微かに動いているし、呼吸も感じられる。まだ息がある。きっと助かるだろう。

厭でも緊張感が高まった。

最大限丁寧に、そしてできる限り大急ぎで。

急ピッチで進められた救助で、女性は救急病院へと搬送された。あとは救急外来の医者の手を信じるしかないが、呼吸が弱いながらも安定していたことを考えれば、よほど急変しない限り助かるだろう。

諒介達は、運転席の男性を法医のいる大学病院に搬送する手筈を整え、その後、事故車両の撤去作業へと移行した。二時間後には作業を終了し、撤収した。

助手席の女性を首尾よく救出できたことにほのかな充実感を得ていた。


それから暫くして、多くの事故がそうであるように、それも一つの過去として記憶の引き出しにしまわれた頃のことだった。

「おおい、カラ〜、タケ〜、超美人のお客さんだっっっ」

既に私服に着替えた隊員の、妙に裏返った声が受付から聞こえた。受付といっても、背の低いロッカーで靴脱ぎ場と待機所を隔てたにすぎないけれど。通常、来訪者は稀《まれ》なので、十分機能しているから、誰からも不満が出たことはない。毎度、お礼に来た事故の関係者が、びっくりする程度だ。

実際、その日の来客も、この場に不似合いな高級カシミアであろうと思われるオーバーコートを着こなした父娘《おやこ》連れであったが、こんな服装で来なければよかったとでも言いたげに、いかにも居心地悪そうに佇んでいた。

呼ばれた二人は、関係者が訪ねてくるような大きな事故ということならば、一カ月ほど前に赤い車から女性を助けた事故だったが、彼らもすぐには関連付けて思い出しはしなかった。「こんな美人、助けたっけ？」と顔を見合わせて知り合いかどうかを互いに確認して首をかしげていると、女性の父親らしき初老の男性が、ゆったりとした口調で話し始めた。

父親の説明で、やっと赤い乗用車の男女だと思い出した二人だった。

相棒の夕ケちゃんは、美人に少しばかり色めき立って喋ったものの、さっさと元居た場所に戻ってしまった。

しかし、諒介は彼らの前から動くことができないでいた。なぜか「彼女を守って」という声が聞こえた気がした。その声は、彼女に一目惚れしたらしい心にすんなり入ってきた。だから、救急隊員としては不適切だろうが、彼女に声をかけて、連絡先を手に入れた。

もちろん、その場で父親の了承も得て……。

そんな奇縁で、唐澤家の今がある。

冷静に考えると、今は妻となった彼女との馴れ初めは、あまりにも不幸な出来事が、二人の絆を導く不思議な縁となっていたものだ。出逢いから結ばれるまでのシーンを、一つ一つ慈しむように思い出すと、やはり思いはある一点に集約される。

「そろそろ諒平に真実を告げる時が来たのかもしれない」

息子には知る権利がある。それだけではない。知ることが義務でもある。とはいえ、慕ってくれる息子の瞳にどんな翳りが生じるかと思うと、今日が明日になり、明日が明後日になりと、決心が鈍ったまま、するすると時間だけが過ぎていった。

＊

それから、図らずも現状をつくってしまった母の明日生はというと、初めのうちは、こんなこと、やめようと努力してみた。我ながらみっともないような気がしただけでなく、家族に、どうしても後ろめたさを感じてしまうことに慣れなかった。

けれど、会いたさ見たさ一心で、ブログや各種のソーシャルネットワークを覗き見、ドラマやその役者のファンと交流するうちに、それ自体が楽しい活動になり、ファンというフィルターを通して人と知り合うという初めての経験も嬉しかった。

最初は、確かに似ていることに浮足立って、いつでも目にしていたいと思ったし、思いも寄らない勢いで心を奪われてしまったけれど、所詮は他人。似て非なるものなのが当たり前で、見れば見るほど、知れば知るほど違いは鮮明になっていった。

忘却の彼方に押しやられていた彼の小さな仕草や癖を、役者の彼から見い出すことはなかったし、逆にふとした瞬間に見せるスターらしい視線やほのかに漂う色気などというものは、彼にはなかった。そして明らかに彼のそれとは異なる姿態の数々を、様々な媒体で目にすると、やはり、一般人との違いは明白だと感じる外なかった。

やがて同一視することはなくなっていった。

それゆえに、時とともに思いの外感情は鎮まっていったし、恋愛感情とは一線を画すものであり、むしろ遊興の一つのような感覚に落ち着いていった。自分自身の感情に、そういう確信のあった明日生は、役者を追い求めることをやめようとするのを諦めて、そういう揺れに任せてしまった。

有り体に言えば、韓流ファンという座に収まってしまった。

更に、夫が薄々気付いているようなのに、責めるでもなく問い詰めるでもなく、ただ慌てず見守る姿勢であることに、安心感を抱いて、夫の大きな心に甘えることにした。わがままと言えばわがままだが、ざわつきが収まってしまえば、なんのことはない。キラキラ団扇を持ったおばちゃんということだ。

「私が芸能人にハマることがあるとは、思いもしなかったけど、無理に止めようとしない諒介さんって、ほんと大人だわ。これで、問い詰められてやめさせられていたら、大変。よく分からないヒステリーが起きてたかも……うふふっ」

つい口にしてみると、笑みが頬を掠めた。（私は幸せだからこんなふうにしていられるのだわ）と、つくづく思う。とりあえず、隠し立てしないことにして、でも今更だから、台所にポスターを貼ったりＤＶＤを置いたりしてみた。「うん、これはオープンな感じでいいわ」と自己満足しつつ独り言《ご》ちてみた。

「ごめんね、諒介さん、もう暫くしたら冷めると思うから。待っていてね。諒平には悪いけど、夢中になって駆け抜けた時間を振り返るためでもあるから」

息子には説明ができないので、本当は最も配慮が必要であったにもかかわらず、暫く放置することになってしまった。

そんな母親の想いをよそに、大抵の子どもは一度抱いた不信感から簡単には抜け出せないものであるし、母親がどう言おうと自分から心の視線を外していることが許せないものでもある。だから、このまま家庭が崩壊してしまうことだってありえた。

だが、そうはならなかった。諒平が二年生に進級してからの変化に、助けられたのだ。

第二節　夫れ阿吽像とならずんば

唐澤諒平君が家庭の事情で不機嫌な日々を送っていた頃、おいらと笙ちゃんは、まだある事件を引きずっていた。

あれは、高校一年生の十月のことだった。クラスメイトで笙ちゃんの初恋の人小野塚花音ちゃんが、その無二の親友である小安美里ちゃんの父親に惨殺された事件だった。

当初、美里ちゃんが犯人かもしれないということで、マスコミが大騒ぎしたのだが、父親が真犯人であるという情報をおいら達から警察に流したあたりから、いつの間にか情報が公開されなくなっていった。

幽霊と意思疎通できる笙ちゃんが、幽霊とかかわった初めての事件だった。

ゆえに、笙ちゃんの高校一年生の三学期は、記憶に残らないほどの勢いで過ぎ去ってしまった。二月の頭には一、二年生合同の合唱コンクールがあったはずなのに、一体どんな曲を何曲歌ったのかさえ覚えていないくらい、別のことに気を取られたままだった。

仕方あるまい。あれは、あまりにも笙ちゃんの人生に深く入り込んでいたのだから。

初めて心を奪われた女の子との出逢いと別れ。その死を、おいらやほかの幽霊を通して、予感しながらも止められなかったことへの後悔と自責の念……。

忘れろという方が無理だろう。

あれ以来、日々はなんとなく過ぎてゆき、気が付けば春が訪れ、笙ちゃんは高校二年生に進級していた。相変わらず、いかにも古い厚手のスマホを耳に当てて電話するフリをしながら、始業式を待つ間、校庭の片隅で、おいらとのお喋りを楽しんでいた。

「キワさん、時間って優しくもあり残酷でもあるんだね。癒えないくらい深い傷を負ったと思ったのに、ちゃんと寝られるし、ちゃんとお腹は空くし、ちゃんと生きてるもの。でも同時に忘れていくような冷酷さをも感じるものだね。できれば、彼女のことは忘れたくないのに……」

——ん、なんてーのか、それって人間の防衛本能みたいなもんなのかもよ——

「防衛本能？」

——そ、生き続けるためのね。時間に優しさとか感じるのは詩的だけど、忘れるっ

てのは、実際健全さの表れでもあるからね。そうじゃなきゃ、心を病んでいっちゃう。おいらがそんなふうにさせやしないけど

「どんな思いだったとしても、忘れるのかな？　それって、健全なのかな？」

――うん、それでもさ、花音ちゃんのことは、忘れないような気がするよ――

「でも、昇天するって言ってたでしょ？　このまま会えなくなっちゃうわけじゃない？顔を見ることなく一生忘れないってほどだったかって言われたら、よく分かんないよ」

――そーねー、確かに全く進展はしてなかったもんなあ――

「進展……はしなかったか……」

――んでも、あんましこだわらなくても、いいんじゃない？　そもそも初恋の女性は忘れない人が多いし、美里ちゃんはまだ生きてて、花音ちゃんから『お見舞いして』って頼まれてるからねぇ。美里ちゃんが前を向いて生きていけるって確信しない限り、忘れろって方が無理じゃないの？――

「そう……かな？」

――まあ、なるようにしかならないでしょ？　あんまし深く考えなくていい気がするんだけどな――

「そうかもね。うん、そだね」

――うん、そうだよ。ところで、新しいクラスはどう？　――

「まだ、分かんない。でも、写真部が一緒で、いつも漫画を交換している田中君と同じクラスになって、嬉しかったよ」

――ああ、あのお坊ちゃまっぽいぽっちゃり君ね。それは重畳、すごくいい感じの子だもんね
「ちょうじょう？」

――あん？　とっても満足っていう意味だよ。イマドキは使わないのか――

「使わないなぁ、って、失礼な言い方だなぁ。田中君は、見た目は小学生っぽいけど、すんごく大人だと思うよ」

――背も小さいしねぇ。背丈といえば、この間、後ろ姿を笙ちゃんと間違えちゃって、声をかけた子がいたよ。笙ちゃんと背丈が同じくらいでさ。振り向かないんで気付いたけど、この背の高さは珍しいものね～――

「ああ、唐澤君ね。なんだかいっつも機嫌が悪いんだよね」

――そうなの？　ちょっと気になる子だけどねぇ。あ、笙ちゃん、始業ベル鳴って

るよ。教室に戻らないと――」

「あ〜、じゃぁ彼の話はまた今度ね」

スマホをお尻のポケットにねじ込みながら昇降口へと駆け出す笙ちゃんに、おいらは優しい視線を向けながら呟いた。

――久しぶりにちょっと美里ちゃんの様子、見てくるか――

件《くだん》の女子高生、小安美里ちゃんは、今も意識不明のまま入院している。おいらと笙ちゃんは、お見舞いに通っている。

病院に向かう道すがら、といってもおいらにとって場所の移動は本来瞬間的なものにすぎないから、わざわざのんびりとした行程をたどっているだけである。今日は天気がいいので、高校の塀に留まっていたカラスの親分さんにお願いして、遊覧飛行と洒落こんだ。

――やっぱ空はいいねぇ。生きてる時は高所恐怖症で滑り台もダメな子どもだったけど、もったいないことしたかもねぇ――

するとカラスが「黙ってろ」とでも言うように、カァと高く啼いた。

――失礼、失礼。ねこバスならぬカラスコプターしてもらってんでした。文句じゃないですよ。気持ちいいってこと――

　それなら許すとでもいうように、カラスは更にふわりと舞い上がった。青々と繁る等々力渓谷が見えてきた。等々力不動尊の見事な桜を横目に、ふと笙ちゃんのことを思った。

――それにしてもさ、カラスの親分さんよ、ちょっとおいらの言うことを聞いてよ。おいらがいつも一緒にいる笙ちゃんのことだよ。あんなにいい子は珍しいと思うんだけど、小さい時から受難続き。その縁で、知り合ったんだけどさ。本当はね、あの病院には行かせたくなかったんだよ。ご両親のこと思い出しちゃうんじゃないかと不安なんだ。もしも、そういう事態になっちゃったら、おいらじゃ助けにならないかもしれないからさ――

「カァ～」

――まだ十六年しか生きてない笙ちゃんはさ、お天気のいい日ばかりじゃなかったんだよ。雲に遮られたり、時には土砂降りで進む道さえままならなかったり。それが、一変して、快晴に目が眩んだりもする。そうやって人って命を全うするもんでしょ。カラスの親分さんの人生だってそうしたもんでしょ？　途中で挫折しちゃったおいらの言うこっちゃないけどね――

「カァカァ〜」

――だからさ、毎日自分の人生をちゃんと生きてほしいんだ。恨みとかつらみとかに縛られないでさ。だからこそ知ってほしくない過去があったりするんだよね。ともかく、前向いて生きてくにはさ、おいらとばっかりじゃダメだと思うんだよね。友達つくってほしいし、また恋もしてほしいよ。まじでさ――

カラスの親分は黙って病院の屋上においらを送り届けると、思案気にカァと啼いて、首肯したように見えた。気持ちが通じたようで少しほっとしたおいらは、そのまま彼女を見舞った。

父親の後妻であるお義母《かあ》さんも、医療関係者もいない午後の個室はあまりにも静かだった。そして、飾られた花や消毒薬、薬、石鹸のニオイしかない味気なさで、まだ十代なのにこのままではいけないと、溜め息が思わずもれた。

――美里ちゃん、元気に戻っておいでよ。そら、いいことばっかじゃないだろうけど、生きていれば変化はあるよ。何かいいことに出逢えるかもしれない。戻っておいで。って、もう少し生きやすくなるように、環境を整えてあげるのも、おいら達大人の仕事なのかな。考えてみるからさ、待っててね――

そう喋りかけながら、普段のことを想う。こんな風においら一人で見舞うこともあるが、大抵は笙ちゃんと二人で来ている。

例の事件は、おいらと笙ちゃんが今もなお拘るほどには、社会的にはニュースにもならず、すっかり過去のことになっている。いつの間にか一切報道されなくなってしまった。何かの規制でもかけられたかのようであった。そのせいか、学校でもそれは見事に誰の口にも上らなくなっていった。

実のところ、おいら達は事件の詳細が分かっていた。だから、報道がされなくなった理由も理解できた。多くの人が知るところではない事実は、その他の事故や事件に紛れたのか、報道側の良心からニュースにするのを控えたのか、単に警察から情報がもたらされないという事実だったのか、いずれにせよ知りたいとは思わなかった。

世間の反応がどうあれ、この話題が二人の間から消えることはない。だって、逝ってしまう花音ちゃんと約束したのだもの。光に向かうその刹那に放たれた小さな一言は、二人の胸にずしりと重かった。

――時々見舞ってあげてね。彼女、すんごく孤独な子だからさ。頼んだから――

そうして、授業のない土曜の午後を、活動日が少ない写真部所属の笙ちゃんは、誰に感謝されるでもないのに、同級生を病院に見舞うことに費やしている。

あれ以来もう数カ月が経とうとしているのだから、すっかり慣れたもので、来るなりベッドの脇に一つしかない丸椅子を引き寄せると、腰を下ろす。ただ彼女の手を取っているだけの見舞いではあったけれど、笙ちゃんには話し相手がいる。

もちろんおいらだけど、彼女との思い出があるわけでもないので、話す内容はどうしても事件絡みになってしまう。

「そういえば、ねぇキワさん、あの刑事さん達すごかったね」

——通報した後、笙ちゃんを尋ねてきた時にはちょっと怖かったけどね。内容を疑われたらどうしようかと心配したよ——

「事実だけど、隠してることもあったからね」

——さすがに日本の警察は優秀だよ。既に疑いを抱いてたんだもんな〜——

「うん、でも」

こういう展開になると、いつも笙ちゃんは、その後の言葉を呑み込んでしまう。何しろ、疑惑が晴れたとはいえ、彼女の現状が変わることはないのだから。

頼る人がいるようにも思えないままに、どこを彷徨っているのか彼女の心は戻らない。今のところ、お義母さんが世間体を憚ってか、入院費をきちんとしているようだが、小安家の籍から出て自由になることを考えているらしいことを思えば、それもいつまで続くことか……。

だからといって、入院費を肩代わりできるような経済力もなければ、立場でもない笙ちゃんにとって、彼女の今後は難題にすぎた。

――んー、入院についてはもう暫く大丈夫そうだけど、いずれ本気で考えないとね。でも今はそれよりも、おいらは誤解される方が心配だよ。週一のお見舞いもさ、クラスメイトでもなんでもない立場の笙ちゃんが継続するのは、不自然極まりないとも言えるよなあ。あの義母ちゃんのあからさまな視線に、どう応えたものか、いずれ悩むことになるだろうから、早いうちになんとかしないとなあ。笙ちゃんが変態扱いされてもねぇ――

そんな心配もあって、何度も話し合いを重ねてはいる。まだ、結論は出ないけれど、このままでいいわけはない。だから、一人で彼女を見舞う時でも、おいらが考えるのは笙ちゃんのことばかりになってしまう。

さて、解決の目途の立たない不安を持ったまま、次に二人でお見舞いに来ていた日、笙ちゃんが美里ちゃんの顔を覗き込んで話しかけていると、病室の扉がいきなり開いた。義母ちゃんだった。扉の直前まで足音もしなかったのには驚いたようだけれど、別に悪いことをしていたわけでもないのに、少し慌て気味に言葉が出た。

「あ、お邪魔してます」

扉が開く音に合わせて丸椅子から伸びあがった笙ちゃんが中腰のまま挨拶すると、その女性は悪びれる様子もなく少しも歓迎していないという表情で、つっけんどんな言葉を返した。

「毎週熱心なことね。何が目的なのか分からないけど」

お世辞にも感謝とは言い難い返答は、あしらうためというよりは明らかに不審を表明するためなのだろう。そのうえ失礼にも、その言葉を言い終わらないうちに、義母ちゃんときたら、布団に乱れはないか、彼女の寝姿に不自然なところはないかと、探るように鋭く視線を走らせた。

そういう様子を見るにつけ、普段の言動とは裏腹に、義母とはいえ母親なのだなと、妙に安心するところもあるのだが、『笙ちゃんは変態じゃない』と言い訳したくなってしまう。例の件について詳しく説明できるといいのだけど、幽霊と交流できる高校生とか、余計怪しい人間に思われかねない。

だからこそ、挨拶くらいはちゃんとしないといけない。思いは同じの笙ちゃんも、ぐっと堪《こら》えて挨拶していた。

「また来ます。彼女をくれぐれもヨロシクお願いします」

なんてちょっぴり嫌味に聞こえるように付け足したのは、蛇足ながら笙ちゃんらしい小さな仕返しだったりして。そんなこんなで、病室の扉を丁寧に閉めてから、早々に携帯を取り出すと、溜め息交じりにおいらに話しかけてきた。

「はぁっ、あのさぁ。キワさん。やっぱどうにかならない？　美里の義母ちゃんが納得するような話をしないとさ、何かを疑われて出入り禁止とかになりそうだよ」

――あん？　この間、美里ちゃんの手握って、でこでこしてたのを、義母ちゃんに見られちゃったから？――

「でこでこって……」

――そう言わないの？　おいらが小さい時、母ちゃんは熱測る時に必ず『ほら、で

こでこ』って。だから、そんなもんかと思って
「そりゃ、小さいうちはそうかもしんないよね。――確かに祖母ちゃんもそうだったような気はするけど、この年で、同級生にどうよ」

――はれ？　笙ちゃんに合わせたつもりなんだけどねぇ――

「ったく、そこはもういいよ。そもそもそのでこでこをしろって言ったのはキワさんだよ。タイミング最悪だったし」

――まさか本当にするとは思わなかったんだよ～――

「意味なしかよっ」

――触れ合ったら笙ちゃんの能力で彼女と交信できるんじゃないかと……――

「僕は幽霊専門。美里は違うでしょっ！」

――そうなんだけどね、何かチャレンジしないと埒が明かないからね。思いついたことはなんでも、ってさ――

『思いついたことは』という件《くだり》でおいらの小鼻は意思に反してひくついた。付き合いも長くなると、明確にそうというわけではなくても、なんとなく嘘だったり含みがあったりすることは見抜かれたりする。本人が気付いてもいないようなわずかな癖が大

抵サインになっている。この場合、既にほかの友人から指摘済みなので、自分の状況は読めている。

今回も、おいらの小鼻は自分が口にした言葉よりはるかに雄弁だ。多分、『でこでこする』もとい、『肌を合わせる』(なんかいやらしいな)、スキンシップすることに何かしらの意味があると分かってしまっただろう。笙ちゃんのことだからでこでこ自体はさほど重要ではないと理解はしているに違いない。

キワさん、本当は僕に何かまだ秘密があるんでしょ？

いかにもそう言いたそうにしながら、喉まで出かかった言葉はなぜか一旦呑み込んだ。そして、禁忌に触れてしまったような表情で不安そうに黙り込んだ。こういう時の笙ちゃんの第六感は、侮《あなど》れない。

仕方なさそうに、ぶつぶつ不満を言うことにしたようだ。

「あのさぁ、今度から何かさせる時はちゃんと理由を説明してよ。キワさんに言われると、今回の件に関しては、うっかり本気にしちゃったりすんだよ。後悔とかいろいろあって、気になってるからさ」

――ええっ、笙ちゃん、そんなに素直な玉だっけ？――

「僕はまじめに言ってるの！」

――ごめん、全部に確信があって言ってるわけじゃないんだ。ただ、おいらも結構幽霊歴長いからさ――

「長いから？」

――うん、なんていうのか、その、いろいろ見聞きしてることもあるってことだよ。うん、そういうこと――

どうも、納得できていない雰囲気丸出しで、不信感も顕わに唇をとがらせている。

ここは、ダイナミックに話題転換といきますかとばかりに、ふいに全く違う話題を持ち出した。

――あっ、笙ちゃんさ、今日の夕ご飯もう決まってる？　カレーライスにしない？――

あの事件から、いつの間にか時間が経って、もう桜も散り始めるだろう。日中は上着がなくても平気なくらい暖かくなってきたけれど、夜はまだ肌寒いから、ナイスな提案のはずだった。

ところが、唐突な話題転換に、笙ちゃんは不審そうにおいらを見ながら、何か考えているようだ。

（なんでかな、キワさんが好きな食べ物って、決まって香りが強いよな。元々そうなのかな？　でも、食べられるわけでもないのに、どうしてリクエストするのかな。まあ、おかげでカップ麺ばかりということにならないから、ありがたいことだしね。でも、やっぱり気になるなぁ）

笙ちゃんの中では何やら思いがあったみたいだけど、おいらには『いきなり何よ』な質問が飛んだ。

「リクエストに不満はないけどさ、香りの強いモノが多いよね。どうして？」

何気なく聞かれたことなのに、思いもかけない質問に、おいらってばとんでもない反応をしてしまった。ううっ、狼狽しちゃうってどうなのよ〜。

――あ？　う？　そ、そうだった？　そ、そんなつもりは、と、特にないけど

――

『でこでこ』といい、『香りの強い料理』といい、笙ちゃんの心に引っかかりを残してしまった。今は問い詰められても答える気は断固としてないけれど、いずれスルーできない時を想定して、おいらの宿題だなと思った。

笙ちゃんは、あれこれ釈然としないようだけれど、悩んでいてもお腹はいっぱいにならない。病院を出ると、その足で近所のスーパーに寄った。

スーパーの店頭には今が旬のキャベツやニラなんかが安く並んでいたけれど、そこはいつものように素通り。笙ちゃんのように一人暮らしが長いと、案外料理が決まってから必要なモノを買った方が、無駄になりにくい。

どこぞのお母さんのように安い店で安い時に素材を買い置きすると、使いにくい残り方になる経験が何度もあった。確かに笙ちゃんは料理が完璧とは言い難いし、レパートリーもセンスも今イチなのは、そばに見本がいないので仕方がない。ともかく都度揃える方がましなようだ。

笙ちゃんのカレーはキーマカレーっぽい。ぽいってところがポイントだ。何しろお母さんや祖母ちゃんの味ではなくて、腕も味もおいら仕込み。笙ちゃん流に言えば「十代でこの世を去った人とは思えないくらいレパートリーがあって、しかもそのレシピは独特」だそうな。

「誰に教えてもらったの？」という問いは、毎度完全に聞こえなかったふりでスルーを決め込んでいる。どうも出処《でどころ》があるように思えてならないらしい。何しろ年々レシピを更新しているのだから、怪しいことこの上ない。

「僕以外にも交流があるように思えるけど、秘密にしたいの？」

知らん顔して、『あれ、嫉妬かな〜』などと言おうものなら、やかましいったらない。

「見えない相手に嫉妬しても仕方がないし、それが分かったところでどう変わるわけでもなし、問い詰めるのも大人気ないし」

矢継ぎ早に口答えしているが、口にすればするほどに笙ちゃんが気にしているのは見え見えなのだ。それでも、タイミングがあるよなあと今は放置を決め込んでいる。

さて、本題（？）出処は別だけどおいらのレシピのキーマカレー風はこう。

水の代わりに使うスープは、鶏肉の手羽なんかを調理して食べた後に出る骨を冷凍しておいたもので作る。凍ったままの骨を軽く茹で、灰汁《あく》と茹で汁は捨てて、残った骨をトンカチで軽く叩き割って、取っておいた野菜くずを加えてことこと炊く。

いい感じでスープになったら、骨や野菜くずは捨てて、ジッパー付き保存袋に小分けにして冷凍しておく。これは、いろんな料理に使う。ほかにもベースになる手作りのものがいくつかある。

「中学から一人暮らしで貧しい食卓の割にすごく背が伸びたのは、こうしたキワさんレシピのベースのおかげなんじゃないかと思ってるんだ。ありがとね」

「食生活を黙認するなんて、彼が成長期の男の子だとちゃんと認識してる？」という耳の痛い指摘を受けてのことなので、おいらが受けるべき感謝じゃないけど、おいらはやっぱり黙って受け流している。

　で、またカレーに話を戻すと、具材は合挽肉と、玉ねぎ、ニンジン、ジャガイモ、大豆の水煮、余り野菜と結構な具沢山。全部の野菜を七ミリ四方くらいの角切りにしておく。火が通るのが早くて光熱費の節約になるからね。

　ここ、独居高校生には重要。

　まずは、フライパンに挽肉と玉ねぎを入れ、肉自体の油とちょっぴりのバターで、ジュージュー炒める。玉ねぎが甘露飴のようなキツネ色になるまでじっくり炒めると、その中にジャガイモ、ニンジン、ほかの野菜と足し入れて、ざっくり炒める。そこへ、贅沢にもターメリックとガラムマサラをささっと振り入れて回し炒める。芳《こう》ばしい香りが立つ。

　この時点で、大抵高校生の食欲は爆発寸前。

　そして、ここまで火を通したらやっと、スープの出番。半分量のスープを水煮大豆と一緒に、野菜を炒めた鍋にジャッと熱い音を立てて入れ、沸騰させる。時々、木杓子で底からしっかりかき混ぜながら野菜が柔らかくなるのを待つ。

残り半分のスープは別の鍋に沸騰させてから、カレールーを半分割り入れてよく溶かす。野菜がぐつぐつ煮えてきたら、灰汁をこまめに掬い取り残りのルーを割り入れ、ルーを溶かしたスープを足し入れて、ゆっくり混ぜながら十五分ほど煮込む。

どこのメーカーのルーで、どの程度の辛さにするのかは個人によるのだろうけど、笙ちゃんはちょい高めのジャバカレーの辛口が好み。なので、家庭料理の定番なのに我が家（？）では家計に響くから、しょっちゅう作るわけにはいかない。

柄《え》の長い木杓子でゆっくり混ぜながら、合間にお米を洗って炊飯器にセットしておく。「なんて手際がいいんだ」とあやうく自画自賛などしようものなら、「全部おいら仕込みでしょ」と突っ込んでおく。

今日はお口直しのデザート、バニラアイス『リッチ』もカゴに入れている。その横から、おいらは耳元で『忘れてるよ〜』と囁いた。「ちょっと待って！　スマホを持つから」と小さく呟いて、慌てて引っ張り出して普通の声で応えた。

「あのねー。ちゃんと合図してよ。スマホ用意できないじゃん」

――わりぃ。福神漬け忘れてるよ～って言うだけだから――

「僕がうっかり返事したら面倒でしょ？」

――あら、いや～ね～、おいらがびっくりさせちゃったみたいじゃないの～――

「突然なにその口調！　きもっ」

――まあまあ。やっぱり見た目には揃ってないとね。カレーライスとくればお冷やと福神漬けか、らっきょう――

「らっきょ！　いいねぇ」

――ダメだよぉ。おいらは彩りを添えないとご不満でい。そこんところは、福神漬け派なんだからあ――

「食べらんないんだからいいじゃん」

――ええっ、それを言いなさる？――

「全く！　わがままなんだから。仕方ないなぁ」

おいらがご相伴するから、一人の食卓も一人じゃない。実際に食事をするわけじゃないけれど、ままごとのような食器であっても、もう一人分あるのはすごく幸せなことだと思ってくれている。だから、こんなふうに馬鹿話ばっかりだけど、案外おいらの意見を尊重してくれる。

らっきょうくらい諦めるのは大したことじゃないそうだ。って、ん？　実は根に持ってる？　そうじゃなくて、らっきょうを買ったところでお咎めなしなのは経験済みだよ。

今ではこうやって軽口がたたける間柄だけど、ここまで来るにはそれなりに過ごした時間があった。


おいらと笙ちゃんが出逢ったのは、彼が中二の時に立ち寄った古道具屋だった。茶色い格子柄の小さな手鏡に宿ったおいらから、話しかけた。あの日のことを、笙ちゃんは今も鮮やかに再現することができる。

「サイズフリーの幽霊は、棚に置かれたミニ手鏡の丸い部分からにょろんっとはみ出しながら声をかけてきたんだよ」って。

ちょっと反抗期に差し掛かっていた笙ちゃんが、つい言う通りにしてしまうくらい、おいらの声に心をつかまれたんだって。今だって何気においらのペースで会話が進んでもあまり怒らない。

それまでの笙ちゃんは特に、誰ともこんな会話をしたことがなかったから、それなりに嬉しいらしい。そのうえ、一緒にいろいろなことに直面したせいか、家族のように、もしかしたらそれ以上に仲良く過ごしてきた。笙ちゃんの肩に腰かけて、二人で思い出に耽りながら自宅に帰った。

笙ちゃんは家に入ると、さっそくオモチャのようなプラスチック製っぽい炊飯器に洗ったお米をセットした。この炊飯器は、笙ちゃんが大家さんをしているアパートの二階の一番奥の部屋に住んでいたお姉さんが、結婚して出て行く時に「もういらないから捨てるんだけど、使う？」と、くれたものだ。

ああ、もう家族用の三合とか五合が炊けるものにするんだ、家族が増えるってことか、と二人してしみじみしてしまったイワク付きの炊飯器だ。一合から炊ける一人用なので意外に重宝しているようだ。今日はカレーライスだから二合炊き。

次に、冷凍庫からスープストックを出してきてボウルにあけて解凍させておく。それから、洗い桶の水の中でクルクルと玉ねぎの皮を剥《は》いで、ほかの野菜の皮も剥《む》いた。あとは、細かく切って炒め作業……。

暫く、カレー作りは続く。

鍋を火にかけて手が空いたら、たまに木杓子でかき混ぜながら、福神漬けを小鉢に盛ったりと、ほかのことをして煮えるのを待つ。

お腹がぐうぐう鳴って我慢できなくなってくる頃には仕上げの段階。二つの鍋の中身を大きい鍋の方に合わせてよく混ぜ合わせて、もう少し煮込んだら出来上がり。ティースプーンでちょいと掬って味見。よし、今日も美味しく仕上がったと満足げだ。

カレーライスを、パンのポイントを貯めてもらった、両側に取っ手が付いたスープ皿にてんこ盛りに盛った。それから、皿の縁に割り箸二本を引っかけ、挟むように持ち上げると、「あぶあぶ、おっとっと」と、落としそうになりながらテレビの前の小さなちゃぶ台に運んでいく。その様子があまりにも不安定に見えるので、毎回ちょっと口を挟む。

――そのやり方はかえって危ないよ。引っくり返したら火傷するよ。布巾か鍋掴みを使えばいいのに――

「それにも一理はあると思うけど、一度も失敗したことはないからなんとなくやめられないよ。ま、いいや。終わりよければ、だよ」

それから、おいらの分も小皿によそって、準備完了。あ、福神漬けとお冷やも、後から二人分持ってきてくれた。

最初は黙々と食べ、途中で空腹が少し収まってくるとお喋りが始まる。大抵、話のきっかけをつくるのはおいら。実際に食べるわけじゃないから当然と言えば当然だけど、食事の様子を見ておいらは口火を切った。

——ねぇ、笙ちゃん。おいら思うんだけど、美里ちゃんの親戚ってさ、あの義母ちゃんだけなのかな？　さすがに、父ちゃんの方は、ほかにいたとしても引き取ってもらうのは難しいよね。生みの母ちゃんの方なら、誰かいるんじゃないかな？——

「はふはふ、ほれはほうはも」

——こら、笙ちゃん、口に食べ物が入ったまま喋っちゃ、——

「ごくん。んじゃ、口に入れる前に聞いてよ」

——そんなに咀嚼を切るタイミングはうまくいかないよ、って、待ってから話しかけたじゃんん〜——

「あ、そうだった〜？」

——もうっ。で、どう思う？——

「うん、霊になっていたお母さんの兄弟姉妹とかいるかもね。どうしたら分かるのかな」

――えーと、それは、笙ちゃんは厭かもしんないけど、――

「まさかあの義母ちゃんに訊く感じ？」

――それしかないような気がする。結婚式の出席者……は、さすがに昔すぎて知らないか。お葬式の時の名簿とかを借りて、地道に当たれば分かるかも――

「お葬式の名簿？　ああ、確かに受付で名前書くね。そっかそれって香典返しとかの関係で住所も書くもんな」

――別の方法も考えるとして、とりあえず、それを義母ちゃんから借りるのがファーストミッションだな――

「うわぁ、厭だなぁ。借りる口実ってなに？　それこそ筋の通った理由じゃないと。個人情報のなんとやらで、そうでなくても難しいのに、義母ちゃんに疑われている僕としては怪しすぎるでしょ〜」

――筋の通った？　そら相当ハードル高いね。うーん――

「あ、それならさ、最近姿は見えなくなったから、昇天しちゃったのかもしれないけど、生みのお母さんに訊く方が早くね？　現世にまだいるかどうか確認してよ」

――あん？　それは盲点だったわ。確かにそっちが先かもね――

「んじゃ、僕が借りる理由を考えている間に、そっち頼むよ」

――そーねー。じゃ、笙ちゃんはカレーがっつりかっこんでちょーだい。おいら、ひとっ走り行ってくるから――

「ふうふう、あれ？　葉山弁護士に相談するという手もあるのかな？」

息でカレーを冷ましながら笙ちゃんがひらめいた。

――おっ、お腹が満足するとさすがの笙ちゃんだね～。じゃ、どう弁護士を使うか、それも考えておいてね～～――

そう言うとおいらはふいっとお出かけ。弁護士を使うってどういう表現だよっていう笙ちゃんの心の突っ込みも感じたけれど、戻るまでどのくらいかかるか分からないから、さっさと行動に移す。

笙ちゃんは、お腹がぺこぺこじゃ、いいアイデアが浮かばないのか、「んじゃ、これも片付けますか」と、おいら用の小皿に手を伸ばしているのがちらっと見えた。

せっかくのアイデアはあれもこれも、結局空振りだった。おいらは美里ちゃんの実母の霊を見つけられなかったし、笙ちゃんもうまいアプローチが浮かぶでもなく、次にお見舞いに行く日になってしまった。

今後もお見舞いを滞りなく続けるためにも、無理に不審感を抱かれるようなことは、言い出さない方がいいだろうという結論になった。ではあるが、もしも自然な流れで美里ちゃんの今後を親戚に相談したらどうだろうという話に持っていけたら、その時に名簿の話をすればいいということで落ち着いた。

言い出しにくい話がある日に限って、義母ちゃんが先に病室にいるもんだ。

「あ、えーと、こんにちは」

「ああ、こんにちは。また来たのね。どういうつもりかは置いといて、一応感謝しておくわね。あんたのほかには誰もお見舞いには来てくれてないから。学校関係者すらね」

「あ、いえ、かの、あ、いや、共通の知人を通して知ってたから。僕も両親を早くに亡くしてるので、『実家が近所なのに一人暮らし』という彼女が気になってたし。できれば、元気に退院して幸せになってほしいなと思って」

「そうなの？　ろくに親しくなかったって聞いたから、変な下心があるのかなんて疑ってたけど、悪かったわね」

「いえ」

「どのくらいこの病室にいられるのかは分からないけど、なるべく来てやって。退院できても、あたしといるのがいいとは思えないし。ただ、この子、そもそも友達少ないみたいだから。じゃ、よろしくね」

　言葉少なに返事をしたことに好感を持ったのか、普段と比べると長台詞で付け加えると、さっさと退室してしまった。

　ちょっと解釈の難しい女性だとは思うけれど、娘を心配していることに変わりはないようだった。とりあえず今後のお見舞いはスムーズにいけそうだ。

　とはいえ、退院後に関する言葉から、彼女相手に懸案事項が解決することはないようにも思えた。やはり、別のアプローチを考えないといけないのかもしれない。ベッドの横の椅子に腰を下ろすと、スマホを取り出した。おいらと会話したい時の、いつものカムフラージュだ。

「ここで美里の母ちゃん、見つけた？」

——今日も見てないよ。でもね、おいらの勘じゃ、昇天はしてないはず——

「なんか根拠あんの？」

――経験的に、かかわった霊は昇天する時、例外なくおいらに声をかけてから逝くんだよ。未練が残ってないのを確認してんじゃないのかと思うんだけどさ――

「それがないの？」

――そういうこと。だから、どこかにまだいると思うんだけど。もし、父ちゃんのところだと困るなあ。おいら幽霊になって初めて怖いと思っちゃってさ――

「怖い？　そうなの？　そんなことあるの？」

――うん、初めてだけど……――

「奴は……まあ、今も警察にいるだろうし、美里のお母さんだって行きたいところとも思えないし。教室に来てた時のこだわり方からしたら、ここについていそうだしね」

――だとしたら……もしかすると美里ちゃんの中にいるのかも。彼女の生気が肉体から感じられないから、心を閉ざしてしまっていて、お母さんはそれにくっついているから、外から見えないのかも――

「肉体に二人で籠《こも》ってる感じ？」

――ピッタリ表現するのが難しいけれど、そんな感じかなあ？――

　どうも煮え切らない言い方なのはおいららしくないけれど、要するに美里ちゃんもそのお母さんも、おいらであれ笙ちゃんであれ、誰からの呼びかけにも応えてくれる感じじゃないのだから、断定できないわけだ。

「じゃぁ、やっぱり直接確認するのは無理だね。そうすると葉山弁護士に相談するしかないか……」

――うん、そうしてくれる？　例によって、彼は霊感ないから、おいらの言い分は笙ちゃんの通訳頼みだからね――

「忙しいかな？」

――うーん、儲かってるタイプの弁護士じゃないから、少々の時間は取れるでしょ。それに一応笙ちゃんはクライアントなんだから、無碍《むげ》にできるはずもないしね――

　そのまま言葉を切ってしまった。

　急に黙りこくったおいらの様子に、またいつものだんまりかなという表情を浮かべて、笙ちゃんはベッドに向かった。そんな横顔を見ながら、おいらは心の中で言葉を続けた。

（それに独身者《ひとりもん》の葉山は、笙ちゃんのことを息子のようにかわいく思っているから、

頼みを聞かないはずはないんだよ、それは、おいらから言うことじゃないから、黙っているんだけどさ）

結局、美里ちゃんの親族を探すという話は行き詰まっていたので、頭のいい人の知恵を拝借することにしようということに落ち着いた。この場合頭のいい大人の知り合いというのは一人しかいないので、誰とは言わずとも行くところは決まっている。おいらの旧友にして、笙ちゃん選任の弁護士である葉山の事務所だ。帰る自宅なんてあった？　というくらい、ほとんど事務所にいて、寝起きもしているようだから、今日もいるだろう。

賄賂《わいろ》というほどのものではないけれど、手土産《みやげ》にして喜ぶのは、笙ちゃんお手製の弁当なので、今回も出来立てほやほやの弁当持参で昼ご飯時に突撃訪問した。日曜日だけど、まだ独身者の奴なら事務所にいるだろうから、予告電話もしてない。ビンゴだった。

「ちわーす」

元気いっぱい扉を開けると、どこからともなく返事が聞こえた。

「はい～？　注文しましたっけ？」

「葉～山さ～ん、葉《は》～さ～ん、僕ですよ～」

笙ちゃんが弁当箱をフリフリしながら持ち上げていると、ソファの背もたれの向こう側から、ひょっこりと人が起き上がった。ずり落ちかけた眼鏡をずいと左手で持ち上げ、上目遣いにこちらを見ると、くすりと笑んだ返事があった。

「あふふっ、笙太君か。ちわーすなんて言うから、出前のあんちゃんかと思ったよ」

「昼飯持参だから同じようなもんですけどね～。それで、あのー、今時間あります？」

「ん？　どうした？　飯食べて茶飲む間くらいなら大丈夫だよ」

ぐるぐる歩きながら夕ブレットで予定を確認しているらしい葉山は、少し童顔なので、横顔も年の割にかわいい。

笙ちゃんの目にどう映っているのかは不明だけれど、その横顔を尊敬のまなざしで見る彼も、顔見知りになった中坊の頃に比べるとだいぶおじさん化しているから、並んだら友達に見えるかもしれない。本当は親子に見えるといいなと思っているらしいのに、独身の葉山に遠慮して、そんなことを期待しないように戒めているのが笙ちゃんらしい。いずれにせよ、会えて、とても嬉しそうだ。

応接セットに腰かけて、そうやって葉山を見上げる笙ちゃんの眸に、お父さんを見るような気持ちが混じっているのをおいらは熟知している。当然だ。それでいいんだと思いながら、おいらがその役割を担うことができない一抹の寂しさは否定すべくもない。

だから、こういう時、おいらはからかわずに黙って見ていることが多い。

まてよ、葉山くらいの年齢の女性がいたら、お母さんのように慕ったりするんだろうか？　まあいいか。現状にないことを想像するのはあんまり建設的じゃないし、お母さんの役割はおいらには更に無理だし。

ともかく、幼い頃両親を事故で失い、その後育ててくれた母方の祖父母も中学に入学してすぐに相次いで病気で失った笙ちゃんは、まだ子どもなのに一人で生きていくことを余儀なくされた。

今に至るのに紆余曲折はあったけれど、おいらは自分から笙ちゃんの知り合いになった。その縁で葉山を紹介することができて、運よく今の状況をつくることができた。幸運だったと言ってくれるけど、幽霊の言うことを聞く耳を持った笙ちゃんも、相当素直な性格だと思うよ。

　というおいらの思いは、二人には届くわけではないから、その傍《かたわ》らで、いつものように漫談のような会話が続いている。

「まさかと思うけど、ニンジンとピーマンは入れてないよね」

「またぁ、葉ーさん、その好き嫌いは幼稚園児並みだよぉ」

「何を言う。香りに敏感なだけだ。そもそもあんなにあくの強いニオイに耐えられること自体鈍感だと思うな」

「えー、味覚がまだ大人になってないんでね？」

「いやっ、甘いものよりお酒の方が断然好きだぞ」

「お酒ねぇ。一口で酔っちゃうのは誰かな～」

「いいんだ、それくらいなら百薬の長だ」

「……、さ、お弁当食べるかな」

「待て、話は終わってないぞ」

「まずは空腹を満たしたいし」

「仕方あるまい。成長期だからな」

　二人の会話を漫然と見ていたおいらは、終いには笑いを堪える羽目になった。

（あーあ、大人のくせに結局笙ちゃんに丸め込まれてら。若干情けない気もするが、楽しそうだからよしとするかあ）

おいらの思いをよそに、葉山はいそいそと弁当箱に手を掛けた。

「今日のお弁当は何かな～？　持ってきてくれるたんびに上手になってるからなあ。お、いいねぇ、菜の花のお浸し♪」

なんて言いながら、全体が薄く黄ばんで白湯を入れてもお茶が淹れてあるように見える湯飲みに、熱い緑茶を注いで、笙ちゃんとの間に置いた。

笙ちゃんはありがたく頂戴しているが、この湯飲みでお客さんにも出すのか？　うーん、嫌かもなあ、いやいや、さすがに客用なるものがしまってあるに違いない。なんてぼーっと考えていたら、同じくぼーっと葉山を見ていた笙ちゃんを、子どものように促している。

「ぼんやりしてないで広げて。そのおかずもよこしなさいね。あ、ほれ、お箸」

「ごめんさない。だってさ、葉ーさんってこんなにお世辞上手だったっけって、記憶をたどってたらぼーっとしちゃったよ。でもそんなこと言われたことなかったよ。もしかして本音？」

「あれ？　今頃気付いたの？　笙太君は、かなり料理上手だよ。しかも味付けは私好みときたもんだ～」

「えーっ、僕の味付けはキワさん仕込みだよ」

「なに？　キワ仕込み？」

「んー、そうは言ってもキワさんも誰かのレシピをもらってるみたいなんだけど。誰なのかは教えてくれないんですよ」

「そう？　キワオリジナルじゃないのか」

　葉山は、そう言ってちょっと黙ると、お弁当から視線を外して「そうか」と小さく息をついた。そうして、ふっと笑うと箸を片手に急に視線を戻して食べ始めた。

　誰か心当たりがあるような雰囲気に、触れてはいけないことだと敏感に察した笙ちゃんは、他人の心にずかずか入り込むようなタイプでもないので、それ以上会話を進めようとはしなかった。

　葉山の心に何が去来したのかまでは、知る由もないけれど、おいらも語るつもりのない人物に由来しているのは否めない。心優しい笙ちゃんは、いつも聞きそびれてしまう。

今日も、口を動かす労力を別方向にすることにして、葉山に合わせるように箸を動かしている。

二人が向かい合って食べている応接セットは、倒産したどこかの会社がリサイクルショップに出したものを格安で手に入れたものだ。何しろ、葉山はそういうことに疎いというか興味がないというか。開所当初、鉄パイプの椅子を置いていたら、おいらとも親しい友人が、見過ごせなくて、リサイクルショップを何軒も回って、室内の家具を一式揃えた。

弁護士事務所にあるまじき簡素さを放置できなかったのは、やっぱり葉山に一方ならぬ関心があるからに違いない。そういうことができるその友人を、おいらはうらやむと同時にとても感謝している。

そのおせっかいな友人というのは、おいらが笙ちゃんに語る昔話によく出てくるんだけど、名前や今どうしているのかは告げたことがない。けれど、仲がいいのは伝わっているらしく、その話をすると、少しうらやましそうに聞いている。もしかすると、料理のレシピも、その友人から教わったことに、薄々気付いているかもしれない。

笙ちゃんもいずれ、漫画仲間の田中君や最近親しくなりつつある唐澤君とは、そんな関係になるだろうとおいらは踏んでいる。そうなるには何かきっかけが要るかもしれないけれど。

「うん、黙りこくってどうしたんだい？」

「あ、え？　うん。葉ーさんには見えなくてもさ、今でもキワさんと仲良しな友達なんだなぁと、ふと思って」

「そうだな。でも、それも笙太君が間でとりもってくれたからだよ。これでも感謝してるんだよ」

「僕は通訳してるだけだよ。友達っていいなと思って」

「友達、いないのか？」

「そうじゃないけど。なんだかちょっと違うんだよね」

多分、笙ちゃんは、友達という言葉の後ろに親友という響きを重ねているんじゃないかと思う。そのニュアンスが葉山には伝わったのかどうか分からないけれど、今まで友人らしい友人のいなかった笙ちゃんは、普通の級友とどう違うのか、実際どういう感情を抱くのか思い描けないようだった。

二人は弁当を口に運び、お茶を啜り、静かに食事をしていた。その時、葉山がお箸で持ち上げながら聞いた。

「この茶色い塊はなんて料理？　うまいな」

「ぶーっ」

お世辞にも奴は、色彩的センスにも表現力にも恵まれた人とは言い難い。だって、もし笙ちゃんが女の子ならこの台詞だけで、「多分この人無理～」ってなっちゃったに違いない。食べ物を茶色い塊だなんて、女性の前ではNGだって、ったく。

と言っても、笙ちゃんてば、「仕方ねーなー」とぼやく傍らで、実はそんな葉山が嫌いじゃない。オシャレでスタイリッシュな弁護士の葉山なんて想像がつかないだろうし、そんな人なら多分おいらとも友人にはならなかったと推察しているはずだ。

きっと同じようなことを考えてニヤニヤしていた笙ちゃんは、どうやら急にからかうことにしたらしい。

「葉～さん。こういう時はね、茶色じゃなくてキャラメル色とか言わないと、女性に嫌われるよ。塊ってのも、せめて団子とかミートボールとか言ってよ～。作った僕の苦労も台無しになった気がしちゃうよ。そんなんじゃお嫁さんが来ないですよ～」

「嫁ですと～、今更なに言ってんの。間もなく五十路《いそじ》になろうという私に向かって」

結婚もせずに、もしかしたら彼女もつくらずに弁護士の仕事に邁進《まいしん》してきた葉山を、笙ちゃんは甚《いた》く尊敬している。でも、本当に結婚するつもりはなかったんだろうか。付き合いが長いから、おいらにも思い当たる節はあるが、ちょっと聞きづらくて聞けない。

もしも葉山に家族ができたりしたら？　とでも思ったのか、笙ちゃんは、つと痛みが走ったように胸を押さえた。こう思っているような表情だな。

お嫁さんにしたら、僕は邪魔者だよね。

そしたら離れなくちゃいけないかな。

ただのクライアントとして対するようにと、お嫁さんに言われたらどうするのかな。

何しろ笙ちゃんにとって葉山はほぼ父親のような存在だから、そんな冷めた間柄は想像もできないに違いない。子どもっぽい感情とも言えるけど、普段必要以上に理性的な笙ちゃんが、奴のことだけは冷静な常識論者になれない。まあ、当然かな。

にしても、葉山に嫁さん？　今一つイメージできないな。そうでもないか？　しかし、葉山の妻となると、笙ちゃんにとってはお母さん的な位置付けになるけど、奴と同じように慕うとは思えないな。お母さんって存在に憧れているのは知っているけれど、そう単純でもないはずだ。

待てよ、お母さんができたら、ますますおいらはいらない？　そ、それは、あまりにも寂しくなる想像だな。

もしかして同じような想像でもしていたのか、笙ちゃんはちょっと寂し気に箸が止まってしまっていた。そんな姿をよそに、お弁当をすっかり平らげた葉山は、お弁当箱にお茶をちょろっと注いで中を濯ぐと、ごくっと飲み干した。

いつも目にする仕草だけど、これも今時の女性にはありえないぞ。やっぱり女性にはもてないな。なんとなく以心伝心で確信したごとく、おいら達は、妙に納得したように頷き合った。大概現金だよな〜。

笙ちゃんも慌ててお弁当を食べ終わると、片付けた。いくら葉山の信奉者とはいえ、さすがにお茶で濯ぎはしなかった。

二人はお弁当箱を片付けながら一頻《ひとしき》りバカ話を済ませると、本題に入った。おいらの通訳も要所要所で入るので、かなり長い話になってしまい、笙ちゃんは時間を気にしているようだった。幸い、葉山が一度も時計に目をやらないので、気にしないことにして、おいら達は話に集中した。

　笙ちゃんの言葉が切れて深い溜め息をつくと、葉山は居住まいを正して、静かに問いかけた。

「あの事件のことは、もちろん大騒ぎになっていたから知っているよ。笙太君の友達だったんだ。そうか、それで、それは、キワも最初から関係していたのか？」

「あ、もちろん最初からです。その美里のお母さんが、僕の友達だった……か……」

　途中で言葉がつまった。

「好きだったんだね、その子。なんて名前？」

「か、のん。小野塚……花音」

　笙ちゃんは、いつも平気そうにしていた。本人からちゃんと昇天するという言葉を聞いたのだから、おいらも事が終息したような気になっていた。だけど、彼の頬を伝う涙は、正直だ。

　葉山がそばにいるからだろうか。

「いいよ。その子のことは」

　嗚咽を堪えるのが精いっぱいな笙ちゃんは、ただ頷くだけだった。

「で、察するに私に頼みたいのは生きている子の方の関係だね。全くそばについていながら、役に立たない奴だな。おい、キワ。たまにはちゃんと私に自分で伝えろ」

「あははっ、葉ーさんてば。今、キワさんがムッとしてたよ。『なら、幽霊が見えるようになれ』って。えと、大丈夫です。自分で説明できます」

一つ深呼吸をして涙を拭くと、笙ちゃんは葉山に相談内容を丹念に伝えた。

「一人ぼっちか」

そう言うと、葉山はちょっとはげかけたデスクの上に飾られた2L版の写真を見た。以前からデスクに飾られていたそれは、おいら達が高校当時に所属した部活の、高二の夏合宿最終日、同級生が集合した写真だった。

富士山をバックに、高校生らしくシンプルな服装に身を包んだ男女が映っていた。その中に、葉山とおいらの顔を確認できる。けれど、どういう集団なのかを葉山も笙ちゃんに説明したことはない。もちろん遠慮深い笙ちゃんは、今まで尋ねたことはなかった。

「あの、その写真は、どういう集まりなの？」

「言ったことなかったか？　そうか……これは、高校の同級生で弁論部の連中だよ。

クラスはかなりバラバラだけどね。キワ以外はみんな元気だよ」

「はぁっ？　弁論部ぅ〜。ないない。葉ーさんは分かるけど、キワさんは考えられないよ。それに、えーと、一、二……七人？　同級生だけでこの人数？　って弁論部に？」

「キワとどういう会話をしているのかなんとなく想像がつくな。ふざけた喋り方なんだろ？　だけど、それはキワの一面にすぎない。この部はね、一年生の時に三年生が二人、二年生が一人だけの弱小部だったんだけど、私達の学年にはね、マドンナがいたんだ。さしずめ花にたかる蜂が数匹って感じでね」

「マドンナ？　あ、この女性ね？　それにしても、落研とか言われたらものすごく納得できるんだけどな〜」

「まあね、いつかキワ自身がちゃんと話してくれると思うけど、この弁論部がキワの人生を狂わしちゃったんだ。キワはね、キミと同じで、すごく孤独な高校生だったんだ。だから、一人ぼっちの子を放っておけないんだと思う」

「それで、僕もなんだ……」

それぞれの過去へと思いを馳せるように、暫く二人の間に沈黙が降りた。

「まあね。それで、美里ちゃん？　の親戚縁者だね、調べてみるよ。ただ、あまり期待しないでね。そうでなくても、箝口令《かんこうれい》が敷かれてるような未成年絡みの事件の関係者を探るのって、ハードルが高いから」

「そうだろうなぁ。個人情報保護法の壁は天より高そうだもんね。それに、なんといっても僕達は他人といえば他人だし、あのお義母さんが立ちはだかるだろうし。僕にもっと知り合いが多ければ、いろんなアプローチができるのに。つくづく生き方を考えちゃう」

それほど親しかったわけでもない友達のために、自分に友達が少ないことを憂い、まじめに相談する笙ちゃんを見ながら、おいらは思う。誰かのためじゃなくて自分のために、もっとたくさん経験をしてほしいとか、もっと友達をつくってほしいとか、もっと高校生活を楽しんでほしいとか。

こういうおいらの親心には、全く頓着しない笙ちゃんだけど、高二になって以来なんだか登校するのがちょっぴり楽しそうなんだ。おいらがいつでもそばにいて見ているのを知っているせいか、学校の話とかをわざわざすることは少なかったのに、このところ夕食時《どき》の話題は専《もっぱ》ら学校のこと。夕べも楽しそうに話してくれた。

「あのさ、知ってるとは思うけど、やっぱ言いたいよ。僕、クラスで神様扱いなんだ。

英語の先生の言葉を借りるとね、僕と唐澤君の二人で阿吽像みたいなんだって。阿吽像って金剛力士様で神様でしょ？　朝、みんなが僕達を拝んでいくんだよ。それがすごく嬉しくて」

『嬉しくて』というところで、物理的にはそこにないはずのおいらの鼻が、ツーンとしたような気がしたけれど、知らぬふりをして返事した。

――あん？　護法善神って言ってね、まあ守護神みたいなもんだよ。本来、金剛杵《こんごうしょ》という武器を使って仏敵を退散させる人なんだよ。口を開けている方が阿形像で、口を結んでいる方が吽形像で、その二体で一対になってるんだな――

「へぇ～、さすが年寄り。物知りだなぁ～」

――ぬわにぃ聞き捨てならぬぅ、物知りだけど年寄りじゃねーしっ。おいらは十七で時が止まってるの！　高校生の頃の趣味が神社とか寺巡りだっただけなの。ぶふっ、でも、確かにいい感じで教室の後ろに二体揃ってるもんだよね～。おいらにスマホが扱えたら撮っておいてあげるのになあ。ちょっと鳥瞰的なアングルでさ。ぷぷっ、やっぱ君達ってばツインズ～クラスメイトでなくっても、ありがたい気持ちになるよ。うぷぷっ――

みんなに挨拶されている朝の一幕を、思わず思い出したりして、おいらがくつくつ笑っている横で、笙ちゃんも何やら楽し気に考えている。

「ねぇねぇ、どっちが阿形でどっちが吽形かな？　やっぱ普段無口な僕が吽形で、いっつも何かしらブツブツ怒っている唐澤君が阿形かな？　うふふ、どっちでもいいや。だってどっちにしろ、毎朝みんなが挨拶しに来てくれるんだもんね。朝から楽しいよね」

いつも静かに目立たずに、そっと教室の角っこで生息してきた笙ちゃんにしたら、大きな変化だよな。あんな事件の後で、教室に入るだけで幸せな気分にしてくれるクラスメイトに出逢えたのは、本当によかったと思う。

おいら一人じゃ、できることに限りがあるもの。

「だけどさ、阿吽像に更にキワさんみたいな守護霊とかがいるって分かったら、みんなどう思うんだろねー」

——そもそも見えないからその疑問が解けることはないかな〜。でも、もしそうと知られたら、神様の権威、がた落ちだな——

「ぷっ、確かに。守護神に守護霊？　おかしい、あはははははっ」

笙ちゃんが笑い出してしまったので、言い損なった。それを知ってなお友達でいてくれる人が必要だよって。その日は、どうしたものか、珍しく感情的に大笑いしている笙ちゃんを横目に、おいらは彼の過去について思い出さずにはおれなかった。

背が一際《ひときわ》小さくて、極大人しい性格だった小学校低学年の頃の笙ちゃんは、それだけでも十分に同情を集めた。そこへ更に、ご両親の事故死が重なった。

もともと、母方の祖父母には手持ちのアパートがあり、笙ちゃん一家はその隣室に居住していたため、転校せずにそのまま祖父母に引き取られることとなった。つまり、住所が変わらずに名字が急に変わってしまった理由が、同級生達の小さな口に戸を立てられず、周知の事実となり、図らずも同情の的になってしまった。

ちなみに付け加えておくと、笙ちゃんのご両親が母方の祖父母と同居していたのは、経済的な問題もあったけれど、笙ちゃんの能力を知った父方の親族が、気味悪がって距離を置いたからなんだ。事故のせいだと当人は思っているようだけど、実は生まれつきだったんだよね。

未知の能力を怖いと思うのは分からないでもないけれど、子どもに罪はないのにさ。

結構酷い言われようだった。

そもそも旧家だからなのか、一人が言い出したら止まらないタイプなのか、彼らときたら、身内ゆえの遠慮なさ丸出しで、平凡な出自のお母さんを批判して止まなかった。だから、笙ちゃんの能力を知ったら知ったで、その口さがなさに拍車をかけて、腹が立つくらい直截的《ちょくせつてき》に彼を攻撃し続けた。

後で見聞きしたおいらが腹を立ててもどうにもできないけれど、小さな子の前でなんてこと言うんだというレベル。幸い幼児だったし、事故のショックでそのへんの記憶はないみたいだけど。

大体旧家といっても、何百年も続く能楽師の家柄ではあるけれど、名高い王侯貴族でもなんでもないのに。今時？　とは思う。その親類縁者が、小作人の家系のお母さんを許容できなかったのだから、笙ちゃんの能力は格好の攻撃材料だよな。

ま、事故以来交流がないからいいようなものだけど。何か口を出してきたら、おいらがタダじゃおかない。

ともかく、環境を変えられないまま、自分の家族が変化してしまったために、笙ちゃんは誰からも可哀想な子と知られている場所で、そんなふうに扱われてしまった。

小さくてかわいい外見も、そうした真綿でくるむような周囲の大人の態度が、特別扱いの子として友達を遠ざけてしまった。

もしも、笙ちゃんが図に乗りやすい性質の子どもであったなら、友達とのそうした距離のせいで、誰の注意も拒む王様気質へと変化してしまったかもしれない。まだ、おいらにも出逢ってなかったしね。

それにしても、目立つことも持ち上げられることも、リーダーシップをとることも苦手とした笙ちゃんが、幸いにして家庭内はおろか友人にまでわがままを押し通すようなモンスターにはならなかったのは、笙ちゃんの性格がもたらした恩恵というわけでもなかったかもしれない。何しろ、彼には人と距離を置いておかなければならない秘密があったのだから。

時として焦点が目の前の人や事物とは合わないように見える笙ちゃんは、その境遇がかえって隠れ蓑となり、悲しみのせいで心に影のあるフシギちゃんという地位を確立して大きくなった。だから、喧嘩したりふざけたりしながら、互いの心に踏み込んでいくような友情を育てずに、小学校を終えてしまった。

特に親友もなく、特に幼なじみもなく……。

そのうえ、中学に上がってすぐ、立て続けに育ての祖父母とも死に別れてしまい、その状態に拍車をかけてしまった。不幸なことに、引き取ってくれた叔母さん家族の身勝手な干渉というか振る舞いで、笙ちゃんは余計に殻に閉じ籠ることになってしまった。

あれは、お祖母ちゃんの死をすんなり受け入れることのできなかったお祖父ちゃんが、倒れて入院した時のことだった。

もういけないという段階になって、叔母さん家族が病院にやって来た。人の好《よ》さそうな、親切そうな人に見えたのに、当時病院に常駐していたおいらには聞こえた言葉があった。それが気になってともかく初めて見る笙ちゃんの後を追った。

その後、幽霊が見えているらしいと判明した笙ちゃんに気付かれないように追跡し続けた。人とはなるべくかかわらないと宣言していたのに、彼を追跡することを昔からの友人にはこう説明していた。

——あの子の叔母さんが極悪人ってわけじゃないけどさ、咎める人の存在がなくなった時、割と本性が出るもんだよね。彼の祖父母が亡くなった時、彼の名義になった遺産の管理が、叔母さんの手に渡ったのが不幸の始まりだったんだよ。じーちゃんがさ、弁護士に委ねておけばよかったのにね。身内の評価は甘くなりがちだし、そういう本性は案外分からなかったりするしね――

そういうふうに考えを整理するよりも早く、当時はただ、病院でちらっと聞こえた叔母さんの一言に疑いを抱かずにおれなかったから、見守ることにしたんだけどね。

「遺産を独占できるかも」

そう思ったからって、実際にうまくいくことは少ないだろうし、なかなかそこまで自己中心的になりきれる人は少ない。そう冷静に判断しつつ、実際に自分勝手な行為に及ぶかもしれないという疑いを捨てきれず、おいらはじっと観察を続けることにした。

そして、彼女の行動が限界点を越えたと感じた時に、これはどうにかしないといけないという結論に達した。おいらの感じた限界点とは、彼女が射利の心をもはや止めようとしなくなった時。つまり、年嵩の身内として、決してやってはいけないことに手を出しているのに、羞恥を感じなくなっていたことだった。

笙ちゃんの叔母さん、つまりお母さんの妹の家族は、タクシーの運転手をしているだんなさんと、笙ちゃんより一歳年上のお姉さんと年の離れた弟の四人だった。

叔母さんもパートに出ていたけれど、裕福な家庭とは言い難い状況だった。都内に小さな家を持っての四人暮らし。そのうえ高校受験を控えたお姉ちゃんが結構優秀な女の子だった。期待するなという方が酷であろうし、希望する学校へ、たとえそれが私立であっても、受かったならば入れてやりたいと思うのが、親心だろう。

そこへ降って湧いたような遺産相続話。

親ならば、感覚がおかしくなったとしても責められないのかもしれない。けれど越えてはいけない境界線は、いかなる場合においても越えてはいけないのである。

叔母さんは、いとも簡単にその境界線を越えてしまった。挙句、それを反省し元に戻そうという正直な心も失っていた。もしかして、自分のためなら決して越えなかったのかもしれない。けれど、娘のためという大義名分は、掲げるに容易く、実行するにどんな抑止力も排除してしまう力があった。

結果、おいらは笙ちゃんと知り合いになるという冒険を余儀なくされ、おいらと葉山の活躍で、笙ちゃんは叔母さんから人生を切り離し、遺産もきちんと手にした。

今では、おいらは笙ちゃんとかかわったことになんの後悔もないが、当時はなかなか一歩を踏み出せないでいた。面識のない幽霊と人間との関係がうまくいくのかどうか、知識も経験もなかったからね。

　そもそも、おいらと出逢ったからといって、簡単に事態が好転するとも思えなかった。知り合ってすぐには、何も伝えなかったからね。だって、笙ちゃんにそのままの事実を伝えることが、まず何よりも最大の難関でしょ？　突然現れた幽霊が、信頼している大人の行動を根拠もなく非難しても、そうやすやすと受け入れられないだろうと、おいらは躊躇していたんだ。

　おいらが実際に動き出したきっかけは、笙ちゃん側にあった。

　同じ中学に通う一つ上の従姉は、中三で受験勉強に勤しんではいたけれど、夏休みを過ぎてから成績は思ったように伸びなかった。それで、通っていた塾から、更に特別授業を受けることを勧められた。

　そうでなくても、塾のためにこっそり笙ちゃんが相続したお金を使い込んでいたのに、一気に数十万のお金が必要になってしまった。そのせいで、返せる当てもないのに、彼の一年間の配当分を使い切ってしまった。

　笙ちゃんは全く知らなかった。だから、中二の二学期に修学旅行費用の一部を準備金として入金する必要ができて、叔母さんに頼んだのだ。もし知っていたら、もしかしたら笙ちゃんのことだから、黙って我慢してしまったかもしれない。それもおいらには許せなかったに違いないけれど。

「叔母さん、十月十二日までに、修学旅行代の一回目の入金二万五千円を郵便局に入れないといけないんだ。僕の口座から下ろしてくれる？」

「あ？　ええ。分かったわ」

それから、叔母さんから何もないまま期日の間際になってしまったので、笙ちゃんは思い切り勇気を出して切り出した。

「叔母さん、お金まだかな？」

「口座番号とか教えておいて。叔母さんが入れとくわ」

そう言われると、笙ちゃんのようなタイプは素直に引き下がってしまうようで、何も口出ししようとせず同意してしまった。

「あ、じゃ、このプリントに書いてあるから」

それから暫くして、笙ちゃんは学校の先生から未入金であることを告げられた。もちろん、学校から家に連絡はされていたが、叔母さんは、笙ちゃんに全く断りもせず、返事をしていたのだ。

「ちょっと家庭の事情がありまして、修学旅行に行かせられません。当人も納得していますので」

学校側としてはそういうことはままあるので、大抵ほかの生徒達には黙っておき、班づくりや班行動の計画などには参加させ、当日急病などを理由に欠席扱いとする。

だから、笙ちゃんも知らぬ間にそのレールに乗せられていたのだけれど、あまりにも楽しそうに参加している姿に、わずかに不審を感じた担任が念のためにと笙ちゃんに直接未入金のことを確認した。もちろん、職員室に呼び出して、ちょっと回り道気味に問うた。

「佐藤、お前、じーちゃんが亡くなってから自分のものとかどうやって買っているんだ？　叔母さんが買ってくれるのか？　学費のための自分のお金は持ってないのか？」

「えと、じーちゃんが僕用に少し遺してくれてます」

「それは、自分で引き出せたりするのか？」

「叔母さんが、通帳とか印鑑の管理をしてくれているので」

「じゃあ、自由にということではないのか？」

「あの、どういう？」

「本人が知らないというのはどうかと思ってな。本当は口を出すべきではないんだろうし。これがきっかけで家に居づらくなることもありうる。でもな、やっぱりちょっと気になって。いや、正直に言うと納得できなくてな」

呼び出しておきながら、それでも先生は事実を告げることに迷いがあったようだ。おいらとしてはもどかしいことこの上なかったけれど、教師として家庭内の事情にどこまで口を出すべきかは、本当に悩ましいのだろうな。

それでも、先生はちゃんと伝えてくれた。

「お前、修学旅行不参加になってるぞ」

「え？」

おいらはこの時点ではすっかり事情を把握していた。いたけれど、多分こうした事態にならなければ、笙ちゃんが叔母さんのことを疑ったりはしなかっただろうし、もしおいらの言葉を全面的に信じたとしても、叔母さんじゃなくて、事実を告げたおいらを憎むことになりかねない。そんな割に合わない役をする義理はないもの。

で、笙ちゃんは、先生から、初めて自分のためのお金が自分では利用できなくなっていることに気付かされたのだった。

「保護者との間にどういう事情があるかは分からないが、お前に参加の意志があるなら、ちゃんと叔母さんと話し合った方がいい。波風を立てたくないということなら、黙って諦めるほかないが」

　ちょっと冷たい言い方に感じられるけど、先生が把握できている事情には限度があるだろうし、虐待されているとかいうならいざ知らず、経済的な事情についてはなかなか介入するのは難しいのだろう。

　だとしたら、ここからがおいらの出番だと思ったわけ。それでもって、既に手鏡の霊として仲良しになっていたおいらから、笙ちゃんに知る限り全て話し、それでどうしたいかを確認したのだ。その時の笙ちゃんに、おいらはやっぱり涙するな。

「まだチビにも、中学高校大学と先があるし、多分返してもらうのは難しいよね。だから、これまで使っちゃった分については、聞かなかったことにしておくよ」

　そう言うけどね、叔母さんは自分達に割り当ててもらった遺産は、旅行なんかにほぼ使い切ってしまったんだよ。貯金もせずにね。だから、本当は責める権利だってあるし、全額返してもらうことだってできるんだ。多分、そのへんのことは葉山から詳しく聞いての結論だろうから、口を挟まない。

「あの葉山という弁護士さんに、残りの遺産管理を依頼したら、当面の修学旅行分をなんとかしてもらうよ。それから、あの家を出て、前住んでたじーちゃんのアパートに戻るよ。お姉ちゃんの高校受験前だけど、先延ばしにするとお互いツライと思うんだ。僕だって、使われてるかもと思うと心穏やかじゃないし、叔母さんだって目の前にはどんな聖人君子でも耐えられるかどうか分からないような美味しい餌がぶら下がってたんだもんな。豪遊に使ったわけでもないし、お姉ちゃんのことに使ったんだもんな。ただ、僕だって贅沢できなくても、大学を出るとか普通に生きていきたいから、お金は必要だもの。道を分けることが、きっと正解だと思う」

こんな不当な事実を知っても、笙ちゃんは本気で責めようとはしない。それって多分叔母さん家族が嫌いじゃないってことだから。もしもこの金銭状態を改善しても、恨みが残る形でもめたら、嫌いになっちゃいそうで怖いんだよね。

おいらには理解できた。だって、笙ちゃんはまだ十三歳だったのだから。

そんなこんなで、多分、本人は孤独だと具体的に思っているわけではなかろうが、笙ちゃんはひどく寂しい人生を送ってきたんだ。

もちろん田中君とは部活や漫画のことで同じ時間を過ごすことが多いから、よく喋るし仲良くはしていると思うけれど、本人達の考えとは別に、本当に親しい関係には至っていないように思えるんだよね。それぞれ小さな瑕《きず》があるのに、その瑕には触れないように、お互いに守り合っているような、距離感があるように見えるんだ。

　田中君じゃダメなんじゃなくてさ、できたら、おいらと葉山みたいな関係を築けるように進展してほしい。もしくは、ほかにもそういう相手と出会ってほしいとも思うんだ。おいらの高校生活を豊かにしてくれたのは、葉山だけじゃなかったから。

一点の曇りも心にないからいきなり本質を突ける鋭さと、だけど思い遣りがあるからズバリと的確に指摘することができるような友達。おいらには、そういう人がいたんだ。

　笙ちゃんにも、この高校ではそんな出逢いがありそうな気がするんだよね。

　唐澤諒平君……

　おいらの希望的観測なのかな。だけど、なんとなく親友という関係までいきそうな気がするんだよね。だからね、笙ちゃん、あんまりいろんなことを気にせず、まずはもっとたくさんの人と交流してみなよ。その気になれば一躍人気者だと思うよ。んなこと実際に口にすると、かえって意地になって誰とも仲良くなろうとしないだろうから、多くは語らないけどね。

さて、おいらがひそかにそんな期待を寄せている唐澤諒平君はといえば、新学期が始まって以来、笙ちゃんの言うところの不機嫌そうな高校生活を続けていた。

＊

思い出してみると、ボクにとって、この学年は初日からついてないような気がしてならない。教室に入って、とりあえず最後尾の席に座ろうとしたら、先約がいた。

「わりぃ、ボクは、多分クラスで一番背が高いから、席、替わってくんね？」

できるだけ丁寧に、暗に退《ど》くように言ったのに、先約は退く様子もなく、つと立ち上がってノンビリ宣った。

「背比べといきますかぁ～」

しかも奴は、ボクの目を見ながらニヤリと笑いやがった。

この身長になってから初めて、普通に立って視線の高さが合う同級生に出会った。

奴も背が高くてすらっとしていた。バレー部かな？　という疑問がふっと湧いたのと同じタイミングで、険悪な気持ちが湧いてきた。一番にこだわってきたわけでもないのに、このところ不機嫌なボクは身長が同じことが気に入らなかった。いや、あのニヤリのせいかもしれない。

　なんだこいつ？　というボクの無礼な態度に、イラつくでもなく穏やかに返した。

「僕も、なるべく一番後ろじゃないと、後ろに座った人の視界を遮ってしまうから、退けないかな～。ただ、同じサイズの椅子と机をもうワンセット揃えるのに協力してくれるなら、どこの最後尾でもいいよ」

　妙に大人びた話し方をする奴だなと感じたことも、何か面白くない。イライラ病に冒《おか》されてるボクには、満ち足りた表情に見えて、第一印象は最悪の奴になってしまった。それも間もなく変わっていくのだから、第一印象なんてその程度のモノなのかもしれない。

　ボクはもともと仲間を大勢つくるタイプではない。高校に入ってからもまともに口をきくのはバスケ部の面々だけだったが、その中の誰とも親友と呼べるような濃い仲ではない。

母との現状を考えれば、誰かに相談したいという気もするが、家の内情までざっくばらんに話せるほど親しい友人はいない。相談されても困るだろう、家庭の内情まで立ち入らせるのは失礼だろう、という大人の判断？　建前？　が、友情を今一つ育てきれていない障害となっているように思う。

いずれにせよ、「分かった、一緒にやる」と返事をしたものの、ボクの不機嫌は彼を一歩後退させてしまったようだった。そのせいで初日以降、最後尾に並んでいるにもかかわらずお互いに進んで話そうともせず、口をきかない関係になってしまった。他人から見たら若干振り向くのが怖い雰囲気だっただろうな。さしずめ二体の巨大シーサー？　ケルベロス？

自分で言うのもなんだけど、ものすごい威圧感だったかも……。

ところが、教室の後ろで淀んでいるそういう気まずさを払拭したのは、クラスメイトではなく教壇に立った人だった。笑い上戸らしい若い女性の新任英語教師は、何度目かの授業で、教室に入るなり笑い始めた。

「あーははは、もう我慢できない。ずっと見ないようにしてたけど、あなた達二人とも机が小さすぎるわっ。机に四角く嵌《は》まっているみたい。うふふっ、それが二つ並んでる。あははは っ、小箱に詰め込んだ『阿吽像』だわ〜」

初めは、突然の教師の変貌についていけずポカンと固まっていた級友達も、誰もが言いえて妙だとでも思ったようで、新任の顔と後ろを見比べて忍び笑いが広がった。恥ずかしさで、ボクの方は不機嫌に輪をかけたような表情になってしまったけれど、奴の方は伏し目がちに微笑《ほほえ》んでいるようだった。

やっぱり気に障る奴だ。

一頻り華やかに笑った後、教師は言った。

「その体格じゃ、机の下に行儀よく足を収めておくのは難しいでしょうね。ほかの先生方に注意されたら、説明するか素直に指示に従うかしないといけないけど、私の授業の時は、例外的に机の両脇に足を出していいわ。ただし、それ以外は姿勢よくね」

新任教師の明るい笑いは、教室にさざ波のように広がって、英語の授業が終わる頃には、誰が言い出しっぺなのか定かではないけれど、二人合わせて『阿吽君達』と呼ばれるようになっていた。

なんとなく面白くはないけれど、それぞれ自分の名字や綽名を主張するほど積極的なタイプでもないせいか、何も抗議しないでいたら、いつしか後ろから仁王様のごとくクラスを睥睨する守護神扱いになった。二体のシーサーよりは格が上になるんだろうか？

いずれにしろ神格化されても困るけれど。気が付いたら、級友達は、毎朝後ろの扉から入って来て、二人をそれぞれ拝んでから席につくような習慣ができていた。

もうどうにでもなれ……。

気になって隣をちらりと盗み見てみると、拝まれる度にニッコリ笑って手を合わせている。ふてぶてしいのかと気に障ったけれど、案外冗談の通じる奴なのかもしれないとも思えて、少しだけ親しみを覚えた。

第二章　女の子は大抵ケンカっ早い？

近しいモノを我《わ》に取り込みたかつた
制御の易い生者に寄生できたというのに
此《こ》は血の一滴に至るまで
既に我であるというのに
自由を奪われてしまつた……
このままではいられぬ、どうしたものか

第一節　やっぱりそばにいる

たった一〇センチに満たないけれど、かすかに光を放つ花音が、意識の戻らない美里の病室に初めてやって来たのは、例の事件からそう時が経っていなかった。

小野塚花音と小安美里の二人の女子高生。

花音の今を招いたそれは、二〇一四年十月十九日午前〇時過ぎのことだった。

語るのも悍《おぞ》ましいことながら、概要はこうだ。二人は、小学校からの親友だった。『無二の』と形容してよいくらいの仲だったのに、美里の実の父親が、悪辣且つ邪《よこしま》な意図で花音を手に掛け、美里の仕業に見せかけようと画策した事件だった。

哀しい事態から花音が霊体として目覚めたのは、わずか数日後のことだった。多分、美里に幽霊は見えるまいが、それでも大切な友人のその後を確認してから昇天しようと思い立ち、病室に来たのだ。

その日、事件後の喧騒とは無縁の静謐な病室には、薄暗い空間に溶け込むように、先客がいた。

見覚えのない女性の、シンプルすぎる服装やひっつめたポニーテールは、生真面目で冷静な性格を表しているようだった。きっとお堅い職業の人に違いないと思って見ていると、姿勢よく立ったまま喋り出した。

「花の季節はまだだし、なんの花がお好きなのか、分からなかったので、ミニブーケにしてみました」

植木鉢でなかったからよしとしようなんて不遜にも考えていると、どうにも武骨な手付きで、水を張った牛乳瓶のようなものにブーケの形のままザクッと挿した。乙女っぽい面相とは違って、なんとも風情に欠けた仕草だった。

「花瓶がないといけないと思って、一階の売店でコーヒー牛乳を一気飲みしました。ちゃんと洗ってありますから大丈夫です。見栄えは悪いですがご容赦ください」

一気飲み？　牛乳瓶？　どこが大丈夫なの？　と一瞬引いてしまった。にしても、なんて古臭い言い回しなのだろう、この人は一体誰だろうと、訝《いぶか》しく思っていると、急に背筋を伸ばして直立不動の体勢をとった。

「今日は、班を代表して謝罪に参りました。目を覚まされてからという話もありましたが、担当医の話ではいつになるか分からないとのことでしたので」

言葉を切るそばから疑問が湧いてくる。『班？』と言葉を拾って、もう一度女性を観察すると、花紺のパンツスーツの襟元に桜の代紋の襟章が鈍く輝いていた。『オマワリさんなんだ』と、彼女の正面に回ってマジマジと観察してみた。俯きがちなまま目をぎゅっと閉じていたので、目を覗き込むことができなくてがっかりしていると、また口を開いた。

「私は下っ端で階級が低いのですが、こちらは女性の病室ですし、まだ目を覚まされていないところに男性刑事が一人来るのも憚《はばか》られましたので、私で失礼します」

挨拶はこれくらいにして本題ですという雰囲気で、居住まいを正した。

「まず、犯人のような扱いで連行してすみませんでした。でも、あの状況ではいずれにしろお部屋から出て、その、血を落としていただく必要もあったので……」

あの時捜査に入ったオマワリさんなんだとは思ったけれど、全く覚えていない。そういえば、あの時のあたしってどうしていたのだろう。被害者なのに、その時の記憶がない。でも、速攻意識失ったたし。そうだ、現場にいたのはみぃちゃんだけだったし、と納得していると、更に言いにくそうに言葉が続いた。

「それから、その、ウチのバカが大きな声でごめんなさい。あいつ悪気は全くないんですが、柔道とかずっとやってたんで、声がバカでかくて。本来ああいう情報は、取調室の外で伝えるか、耳打ちする程度で済ますのに、お父様の、いえ犯人の近況を全部お聞かせする結果になってしまって。ホントにごめんなさい。聞きたくなかったですよね、あんな形では。私はその場にいなかったんですが、耳にした途端昏倒されたと聞いております」

そういうと、項垂《うなだ》れて暫く佇んでいた。花音もなんとなくその気持ちが分かったので、黙って見ていた。

「その、また来ます。元気になって早く戻って来てください。それに、お見舞いに来ていた男の子もすごく心配そうですよ。彼のためにも目を覚ましてください」

そう言って背中を向けて出て行った女性刑事のことを、自分のせいでもないのに責任感が強い人だな～と思いつつ、今度は自分の番だと思って、美里の肩口にすっと近寄った。

――佐藤達にさよならしたら逝くつもりだったのにな。これで終わりって思って来てみたんだ。こんなことになってるなんて思いもしなかった。今の話だと、アイツが捕まったって聞いた途端に倒れたんだね。そんなふうに心配してあげるようなヤツじゃないんじゃね？　だから戻っておいでよ。それとも、戻って来られないの？　――

もちろん返事はない。起きていたとしても、花音の言葉が届いたとは思えない。

――どうしちゃったの？　どこに行っちゃったの？　こんなふうになってるみぃちゃん見ちゃったら、かの、心配で逝けないよ――

小さくなった花音が、ベッドのサイドテーブルにちょこなんと腰かけて美里の顔を覗き込んだ。

――ああぁ、佐藤みたいな能力をみぃちゃんが持っていたらなぁ。呼び出せちゃったりするの？　どうしよう？　彼らに相談すべきかな？　でも、お別れの挨拶しちゃったから、ちょっとなぁ。もっとほかにも方法があればいいのになぁ。ふぅ、こうなっちゃって間もないから、全く勝手が分からないよ――

かなり明瞭に声に出して呟いているのに聞く人もない。それが少しばかり寂しくもあるけれど、それでも語る相手がいることにほっとしていた。

ふと、顔を上げて周囲を見回すと、ベッドのそばには、いつの間にか美里の多分お義母さんと思われる女性がいた。サイドボードの電子時計を見ると昼をとっくに過ぎていた。

その中年の女性は、そっと美里の体を拭いて着替えさせていた。もちろん花音に気付くこともなく、静かな空気が流れている。柱時計がかかっていないせいもあって病室は極めて静かで、美里につながれた計器だけが小さな機械音を立てていた。

――そっか、長いこと親友だったけど、みぃちゃんの実家に行ったことなかったなぁ。この女性、お義母さんだよね？　みぃちゃんのマンションにも、来たことがなかったしね。お義母さんの顔、知らないわけだよ。手付きが優しいから、そんなに悪い人じゃないように見えるけど……ちょっと救われたかも。でも、このままでいいわけじゃないわよね。やっぱなんとかしなくちゃ――

この病室は総合病院の個室といっても、最上階によくあるような、ゆったりとしたスペースと調度品で贅沢に設《しつら》えられたタイプのものではない。一人であるということにのみ目的を集約したような造りは、まるでビジネスホテルのようで、味も素っ気もない。

そうであっても、彼女を他人の目から守るという要件は十分に満たしているのだろう。戸口付近をうろつく誰の姿も見かけることはなかった。

美里が入院している、ここ、『十目井《そめい》総合病院』の創業者一族は、江戸時代から続く医者の家系で、かつては江戸の町に居を構えていた。しかし、明治の世になり、大きく時代が変遷した際、当時の権力者に招かれて、東京市郊外にあった瀬田の地に移り住んだ。

というのも、この地域は明治時代の喧騒な西洋化の風潮にあって急速に開かれ、時代の寵児の別荘地として繁栄した地区で、彼らの御用達《ごようたし》として始めた個人病院だった。

大正、昭和、平成と続く時代の変遷の中で、その時々で豊かな後ろ盾を得て、等々力方面に場所を移し、病床、科ともに増やしながら大きくなり、現在に至っている。

瀬田の地にあった頃、ホームドクターとして関係の深かった家とは、今も連綿と続く間柄で、それこそ生を取り上げるところから死を看取るところまで、こと体にまつわる話は熟知していた。

そんな関係のある家の一つに、美里の実家小安家もまた名を連ねていた。ゆえに、美里の祖父母達や母の『死亡診断書』を書いたのもこの病院の現会長『十目井仁《そめいじん》』であった。

玉川署からほど近い上に、事件絡みで過去の事例を調査するために、何人もの捜査官達が出入りしたこともあって、父である翔三の失踪、自殺未遂、逮捕の報を受けて、昏倒した美里は、運び込まれた。

以来、一度も意識を取り戻していない。

病院というところは死とも無縁ではない。ゆえに、花音とかかわることのできるモノも多数存在していたが、残念なことに花音の言葉に耳を傾けるモノは一人もいなかった。それで、美里が覚醒するための対策を何も立てられないまま、時間が過ぎていくのであった。

それでも、と花音は思う、

――きっと、明けない夜はないはずだよ。きっと、誰かが手助けしてくれると信じてるから。絶対。うん、やっぱし佐藤達にも相談するからね――

思案気な花音の横で、美里の世話に余念がなかったお義母さんが、かなり大きな声で独り言をもらした。

「こんなふうに体を拭いてあげないと分からなかったよ。あんた虐待されてたんだね。古いのから新しいのから、傷だらけだよ。酷いもんさ。あの男の本性に気が付かないなんて、アタシも焼きが回ったよ」

軽く舌打ちすると、続けた。

「声が大きい方、言葉の多い方が正しいとは限らないことに、さっさと思い至るべきだったよ。もっと以前に気付いていたら違ったのかね？　それともそもそもあの人とは結婚しなかったのかね？　いずれにしろ、今更か。ふーっ、じゃ、美里ちゃん、アタシは帰るよ。いつまでこうしてあげられるか分かんないからさ、早いとこ目を覚ましておくれよ」

『多分お義母さん』は、そう言って美里の寝巻や布団を整えると、拭き終わった濡れタオルと着替えたパジャマを片手に、ショルダーバッグを椅子の上から取り上げて病室を出て行った。

――あの人ってさ、なんかすごく口は悪いけど、いい人な気がする。ほんと今更だけど、気付いていてくれていたらなぁ。はぁ――

溜め息をついている花音の耳に、そろそろ夕方という気配が伝わってきた。病室の窓から義母の背中をぼんやり見送っていると、隣の病室に夕食が配膳される音が聞こえてきた。そして、そのままこの部屋を飛び越えて、反対隣の病室へとその音は行ってしまった。

――そっか、みぃちゃんは点滴か。早く目覚めないと、体が衰えていっちゃうよ。

なんとしても起こさなくちゃ――

すぐにはアイデアが出てこない。あれこれ考えているうちに小一時間があっという間に経ち、今度は食器を回収している音がして、それから検温して歩く看護師さんの出入りする音が聞こえた。

暫くして、夜勤の看護師さんの声がけしながら消灯して歩く音が聞こえて、院内がしんと静まり返った。暖房の温かみだけが、空気に人の存在を伝えていた。

病室が常夜灯だけで薄暗い中に、ぼーっと浮き上がる人の気配がした。

霊体である花音が眠ることはないが、外界の音を遮断するようにして美里の肩のあたりに小さく丸まっていた。だから、突然の来訪者が、見知らぬ壮年の男であることに、見上げて初めて気が付いた。

中肉中背でなんの特徴もない容貌容姿だが、やたら太くて濃い黒髪をジェルか何かでガチガチに固めてオールバックにしている。第一印象は、『きもっ』という言葉に集約されていた。

美里にこんなオジサンの知り合いがいるとは思えなかったし、白衣でもないから医師でもない。誰か分からない男が、若い、しかもカワイイ女性の病室に入り込むなどありえない。

急速に不安になっていた。

すると、男はベッドサイドに腰かけて、左手の甲で美里の頬を時間をかけてなでた。その手をそのまま首に沿わせ、甲から指へと触れるところを変えながら、パジャマの胸元へと入れた。それから、キョロキョロと周囲を見回すと、布団の中に手を入れて美里の体を弄《まさぐ》った。

――やだ！　おっさん、なにやってんの？　みぃちゃん起きて――

遅ればせながら男のイヤラシイ意図に思い至った花音の悲鳴は、そいつの耳には届かなかった。

――このクソおやじっ！　みぃちゃんになにすんのよ。触んないでよっ――

後ろに回って頭をどつこうとしたが、拳は、空しくすり抜けた。

――やめてよ、誰かコイツをどうにかして。誰か、お願い――

泣かんばかりに大声で叫んでいると、突然引き戸が全開になり、室内灯がぱっと点いた。間髪入れずに、少し年配の看護師がすっと入って来た。

「理事長、これはどういうことですか？　なんの真似ですか？」

「いやなに、気の毒な女の子と聞いたので、お見舞いに」

「気の毒な女の子のお見舞い？　随分と親しげな体勢ですけど、お知り合いなのですか？」

「え？　う、お？」

「ご存じないようですね。それなのにお見舞いですか？　では、そのように会長と医院長にご報告申し上げます。そもそもお見舞いにふさわしい時間とも思えませんからね。さあ、もうお帰りください。居座るようでしたら、警備員を呼ばなくてはいけなくなりますよ」

看護師とは思えない冷たい口調でそう言われた理事長とやらは、仕方なさそうにブツブツ言った。

「違うから。なんにもしてないから。変な誤解を勝手にしてんじゃないよ、全く。もう出て行くから、報告とかは勘弁しろよ〜」

未練がましそうに振り返りながら、憤懣《ふんまん》遣《や》る方なしの風情で看護師をにらむと、男は病室からそそくさと退散した。

――一昨日《おととい》来やがれ！　はんっ――

美里の肩口から、拳を振り上げて騒いだ。

「ったく。三つ子の魂百までって言葉通りの輩《やから》もそうはいないと思ってたけど、アレは規格外だわね。ところで、確かこの子ってあいつ絡みよね。こちらも監視しなくちゃいけないいようね」

看護師の独り言に、うんうんと何度となく頷いていると、彼女とふと目が合ったような気がした。しかも微笑んでる？　でも、「あいつって誰？」という疑問に気がいって、うっかりスルーしてしまった。

いずれにしても、気のせいかもしれないけど、みぃちゃんを守るためには、現実的にこの人に頼るのがよいように思えた。

第二節　強い女と縁がある？

すっかり病室憑き（？）幽霊となった花音は、夜中は防犯に努めなくてはならない。何しろあのイヤラシイおっさんがいつ現れるか分からないのだから。

実際、夜中なら時間やタイミング、曜日すら問わず、既に数回来やがった。今のところ例の看護師さんのおかげで事なきを得てはいるが、見張っているに越したことはない。

そんなことで、夜中は張り付いているから、日中は気分転換のために、院内観察をしてうろうろするのが日課になっていた。病室にいないせいでその日まで気が付かなかったのだけど、妙なヒトに気が付いた。最初から、どこか惹かれる雰囲気のヒトだった。そろそろ、梅の花が咲いていい頃だったと思う。

――れ？　誰か来た？――

よく分からない気配を感じて怖かったので、女性刑事が飾っていった花の後ろに慌てて隠れて覗き見た。以来、毎度の定位置になってしまった。最近は『ナナカマド』

というもやもやした白い泡のような花ばかりで、どこかで嗅いだことのあるよい香りがする。隠れやすくて助かるけど、季節に合った花なのかは知らないし、もしかして高いかも。と、それは置いとくとしよう。

もちろんキワさんだと最初は分からなかったけれど、花音と同じミニチュアサイズなので、幽霊だとは分かった。そのまま覗き見していたら、話す内容でなんとなく予測できた。

暫くそうしているうちに、いつもは佐藤笙太と来ているのに、平日には一人でお見舞いに来ることの多い幽霊だと分かった。今日は病室の窓枠で、乗って来た白い鳥にお礼を言って別れるところだった。

――コサギの姐さん、今日はありがとう。今日の景色も雄大だったよ。でもね、買い物袋を見かけるたびに、近くまで降りて行くのはやめてね。お望みとあらば、交換条件の方は快く引き受けるからさ。急降下は怖いったらないんだもの。え？　幽霊だって怖いものは怖いの。それに第一、人間の食べるものは体に悪いよ。ちゃんと小魚とか虫とか木の実とか、自然にあるものにした方がいいよ。体力がつかないよ。え？　それがあれば、狙わない？　そっかあ、なんとなく分かるけどさ、人工的な食べ物は、不自然な物質とか入ってることもあるから、たまのことにした方がいいからね――

コサギの姐さんと呼ばれた白い鳥は、分かったのか分からないのかは不明だが、一声高く啼くと飛んで行ってしまった。ゆったり舞う後ろ姿を見送ったそのヒトが、閉まった窓をすいっと通り抜けて来てブツブツ呟《つぶや》いている。

――人間のせいなのかなあ。でもさ、渡り鳥なんかは、パンやお菓子のくずとかで腹いっぱいにして、ちゃんと虫とか食べてなかったやつが渡りきれなくて脱落しちゃうっていうもんなあ。お勧めできないや。まさか交換条件で、水の中の虫を捕まえやすくしろって言われるとは思わなかったけどね。そもそも生きてる間は泳ぐのは全く不得意だったからねぇ。ま、虫に乗り移るのは簡単だし、ちょっとぼーっとしてもらえば、コサギちゃんがパクリだもんね。いい気分ではないけど、乗せてくれたし。あれ？　まだあんなところの電線に留まってら。おおい、感電死するなよ〜。って、そこまで理解するには脳ミソちっさいか。おっといけない。本来の目的を忘れるとこだった。ああ、失礼、美里ちゃん、おじさん、また来ちゃったよ――

そう言うと、その幽霊はよっこらしょっと美里の枕元に胡坐《あぐら》をかいた。こっそり覗き見中の花音は、その独り言を聞いて思った。

（うん、佐藤と一緒にいたヒトだわ。間違いないわ。なんて呼ばれていたっけ？　忘れちゃった。うーん、それにしても、えーっ、虫に乗り移れちゃうんだ。それはイヤかもだけど、ほかにもできるってことなのかな？　んーでも戻れないと困るしなぁ。やっぱやり方を確認してからにするかなぁ）

彼の前に姿を現すかどうか思案にくれながらも、その言葉に聞き入っていた。ただ、そこにいて、佐藤のことや学校のこと、時には彼の昔話なんかを独り言のようにお喋りしていくだけなのだが、聞いていて飽きない。毎回、花瓶の後ろで、花音も腰を落ち着けるようになるとは思わなかった。

――さっきから、いい匂いだなあ。どっかで嗅いだことのある匂いなんだけど、どこだったかなあ？　うーん、柑橘系の石鹸っぽいんだけど、そんな爽やかな知り合いはいたっけ？　それか、おいらが来る前に、誰かお見舞いに来てたのかなあ？――

花音の存在に気付いていない彼は首をかしげて熟考中だが、実は幽霊にはそれぞれ痕跡のようなものがある。幽霊によって音だったり香りだったり、大抵は生前を知る人物が象徴的に覚えていることが多いのだが、幽霊によっては自らそれを意識して出していている場合もあって、それが痕跡となったりする。

ちなみに彼の場合、病院の消毒薬臭だけど、知人達は、慣れすぎてそれと認識していない。また、院内の二オイに埋没しているので、花音には、それとは識別できていない。今回の柑橘系の石鹸臭は、花音の痕跡のようだったが、そんなこととは知る由もない本人が、意識もしていないことだったので、花音はオロオロしてしまった。

（わ、やばっ。あたしの愛用の石鹸の匂い？　って、幽霊なのに？　だとしたら気をつけなくっちゃ、すぐバレちゃうね）

幽霊になって日の浅い花音は、まだそういった事情に通じていないので、彼と顔を合わせるのは早いとばかりに、ますます深々と花の中に潜り込んでしまった。

――ま、いいや。繁々《しげしげ》お見舞いに来てれば、匂いの主に会うこともあるでしょ。今日のところは、いいことにして帰るね。美里ちゃん、またね〜――

人の好さげなのんびりした台詞を耳にして、やっぱりいずれ彼らに会うべきだと心を決めた花音だった。

この時のキワさんは、花音は昇天したという思い込みがあるから、あえて今の匂いの主が花音であろうという予測なぞするはずもなく、ただ誰の気配なのか気になって、笙太とは別に美里を訪問する回数を増やすことにしたのだった。

＊

美里ちゃんの病室にいる幽霊らしき気配は、害がなさそうな雰囲気もあって、生憎同類だろうという点以外に分かったこともないまま季節は移ろい、笙ちゃんは高校二年生に進級していた。

おいらは、いつまでたっても、一人でのお見舞いや病室に幽霊がいるらしいということを笙ちゃんに報告できないでいた。

その日は、笙ちゃんとその友人のことで日中を費やしてしまったので、夜中の訪問になってしまった。訪問の回数が多いので、美里に話す内容もちょっと尽きてしまい、暇を持て余した挙句、ついでにナースステーションで目の保養をしようなどというアヤシイ目的で、看護師達が真剣な面持ちで集う照明の明るいスペースへと行った。『お気に』は新入りのあまるちゃん。いるかなーとキョロキョロしつつ、実のところ目の端できちんと追っているのは、看護師長だったので、突然目が合った。

——おっ、おっかねー。相変わらず、遠慮会釈ねー視線だわあ。覗き見しに来たんじゃ……だったな。でも、マジ怖いったらあ——

なんて言い訳がましく呟いていると、突然鋭い悲鳴が聞こえた。ただし、ナースステーションにはなんの動きもない。そして、反応しているのは、おいらと見えてる看護師長の二人。ということは、この悲鳴は幽霊が発したものだ。

——どこだ？——

慌てて耳を澄ますおいらの横にすっと近寄った彼女が、極小さな声で囁いた。

「美里ちゃん、理事長」

それだけで全てを理解したおいらは、彼女に軽く頷いてみせると、一足飛びに美里ちゃんの病室へと向かった。その背中越しに、彼女のきびきびした指示が聞こえた。

「悪いけど、個室階を回ってくるから、あとは普通に巡回よろしくね」

数人の看護師達の柔らかい返事を確認すると、彼女も後を追って来た。遠くからでも、その耳にはいつもの女の子と思われる罵声が届いていた。

——やめろぉ！　クソおやじぃ、ベタベタ、触ってんじゃねぇ。汚ない手で触りやがって、許さねぇから。消えろよ！　どっか行きやがれっ！　あー、看護師さあん、またコイツ来てるよー。助けてー——

罵る声に誘われるように、病室の扉をすり抜けたおいらの目には、ベッドに腰かけた男に向かって悪態をついている女の子の姿が映った。昇天したとばかり思っていた花音ちゃんであった。そして、鼻をくすぐったのは、例の柑橘系の石鹸の匂いだった。

――ええっ？　花音ちゃん？　え？　この匂いって君だったの～？　まじ？――

おいらの声が、幽霊なのに裏返った。

――あ、えと佐藤憑きの幽霊さん！　もう！　それは後で。ともかく、コイツどーにかして！　みぃちゃんの体にちょっかい出してるの。許せないっ。ちくしょー、生きてたらぼっこぼこにしてやるのにぃっ！――

ものすごく憤慨していて聞く耳を持ちそうにもない花音ちゃんに、なるべく落ち着くように話したいところだけれど、裏返った声のまま、どうにも頼りない様子で返すことしかできないおいらだった。

――あ、それは、今、看護師長が来るから、彼女に任せて大丈夫だと思う～――

『それが何よ。それまで待てっていうの？』とでも言いたげなきつっつい視線が飛んできたので、ビビりまくって存在しない喉がつまった。

（おいらの知ってる女性は、どーしてこんなに強そうなの？）

そう思っていると、スピーディにヒタヒタと近寄る足音がして、引き戸がぱぁっと開けられた。おいらの知る強い女の一人、看護師長が威厳たっぷりに入って来た。そして、極めて厳しい視線を向けてベッドの前に威嚇するように立ち、低く声を上げた。

「理事長！　どういうおつもりでしょうねぇ？　何度も申し上げたはずですが、ご理解いただけなかったご様子ですね」

「な、な、なんで分かった？　今は引き継ぎ中じゃないのか？」

「それはこの際どうでもよいです。細心の注意を払っていると申し上げておきましょう。ともかく、このことは会長と医院長に申し上げます。猶予はなしです」

「あ、いや、まだ何もしとらん。証拠でもあるのか？」

「証拠？　今は分かりませんが」

「な、な、なら、黙ってろ。ほ、ほっとけ」

「警察を呼んであれこれ採取してもらいましょうか？　最近は電車内の痴漢行為なんかでも微量の遺留物が採取できるらしいですから、指一本でも触れたなら証拠を得ることも可能かもしれませんよ」

「う、う、うるさい。知るか」

威勢の良い反論に思えたけれど、その割におどおどと「さて、こんなオバサンとはかかわりたくないな」とかなんとか、弁明にもならないことを口の中で言いながら、理事長は足早に病室を後にした。

残されたおいらと看護師長と花音ちゃんは黙って見合った。そのまま互いを探るように沈黙の降りた病室で、最初に言葉を発したのは唯一生きている人だった。

「ちょっと事情を整理しておこうか」

花音ちゃんは何も言わずにうんうんと頷いている。サイドボードの端っこに腰かけている小さなそのヒトを見下ろすように、おいらはバイオメーターの上に立って、喋り始めた。

——姫、そうしてくれる？　おいら、ちょっと混乱気味だよ。と、その前に自己紹介すっか。おいらは、花音ちゃんもご承知の佐藤笙太君こと笙ちゃんといつも一緒にいるキワさんです。名前は祖《そ》父《ぶ》江《え》侑一《ゆういち》といいます。キワさんって呼んでね——

——キワ？——

——由来はまたいずれね。えーと、まー、こうなって大体三十年が経過してて。あ、と、こちらの看護師長とは旧知の仲。もう気が付いてるかもしれないけど、笙ちゃんと同じくおいら達が見えるタイプの人――

――え〜っ、三十年もそーなの？　そんなに長く幽霊やってて大丈夫なもんなの？　あぁ、それよりも、あーやっぱしぃ、そうだよねぇ。なんか目が合ったような気がしてたし、大騒ぎして悲鳴を上げると、タイミングよく駆けつけてくれるもんだなぁって――

――え？　初めてじゃないんだ？――

――うん、かなり前から。アイツ、マジ酷いヤツなんだもん。意識のないみぃちゃんのこと触って！　そのたびに、あっ――

憤懣やるかたなしとばかりにぷりぷり怒っていた花音ちゃんが、急に喋るのをやめて、居住まいを正して看護師長を見上げた。

――ごめんなさい。いつも助けていただいてたのにお礼を言ってなくて。改めまして、いつもありがとうございます――

「いいえ、当然のことよ。院内であんな破廉恥な行為が許されていいはずないから。私は看護師長の橿原《かしはら》理英子。看護学校を卒業してからずっと、ここ十目井病院で看護師やってる古株。コレとは高校からの腐れ縁でね。ずっと姫って呼ばれてる。柄じゃないけどね」

――コレってなによ〜。クスン。言いつけてやるから

「誰によ？　ふん、黙ってなさいね。ついでに言うとあの理事長も高校の同級生。理事長といっても、ここは一族経営だから能力は関係ないの。ともかく、全然十代から成長してないタイプよ、アレは。これからも気をつけるけど、そろそろ本格的に悪知恵を働かせてきそうな気がするわね」

――コレだのアレだの、なんてゾンザイなの？　クスン、ま、いいけど〜。それはそれとして。そだね、何するつもりなのか調べてみるよ。笙ちゃんの方は友情を温めるのに忙しいから、おいらはお暇だもんね――

「相変わらず『僕』にべったりなんだから。しょうがないわねぇ。ともかく頼むわよ。お嬢さんは、この子のそばにいて見張っていてね。幽霊には時間も空間も生きてる人間とは違う知覚が働くみたいだから、多分どこにいてもキワには分かると思うし、キワが分かれば私に伝わるし。私が院内にいない場合の対処法はなにか考えておくわ」

――はい、了解ですぅ。それと、あのぉ、お嬢さんはやめてください。私、小野塚花音といいます。だから、花音でいいです。じゃないと、私も姫さんって呼びにくい

ですもの――

「そう。じゃあ、花音ちゃんは見張り役、キワは調査役、私はさしずめ用心棒といったところかしら？　いずれにしても、あの家族はよくない意味で結束が固いから、警察に本当に突き出せる直前までもっていかないと、反省したり態度を改めたりしようとは思わないでしょうね。キワ？　つらければ」

――いや、大丈夫だよ。調べるよ。それと、警察にも当てがあるよ。その時が来たら笙ちゃんに頼もう――

――警察って言えば、なんか私の事件の捜査してくれていた班の人が、いっつも、お見舞いに来てくれてるよ。ポニーテールのしゃきっとした女の人――

――ああ、あの人か。なんて名前？――

――えーと、分からないです――

「じゃ、それは、こっちで見舞い客リストを見とくわ」

――よろしく頼むよ。でもさ、それにしても、花音ちゃんはどうしてここに？　もしかして美里ちゃんがこうだから？――

――うん、お別れに来たら、あのヤローが来やがって、ああだもん。あの時も姫さんがすぐ駆けつけてくれたから、悪い結果にはならなかったけど。それでも心配で。それに、何よりみぃちゃんてば、ちっとも戻って来ないんだもん。理由も分かんないし。んで、ずっとそばにいるんだ――

――うんうん、そら気になるよね。そんで、どこ行っちゃったか分かった？――

――ううん、まだ会えてないから。でも、よく分からないなりに感じていることはあるよ。なんだか心の奥津城にお母さんと二人で閉じ籠もっている感じ？　少なくとも、全く別の場所とか遠くには行っていなくて、体の中にいる気がするの――

――おいらもそんな気がしていたよ――

――あー、キワさんも？　それでね、たまに二人の会話が聞こえるみたいなの。そうだ！　佐藤のお見舞いにも感謝していたよ。私もだけど――

――マジで？　それはよかったなあ。でもさ、笙ちゃん、花音ちゃんに気が付いてないよ。おいらも、さっき会うまで思いも寄らなかったけどさ――

――あはっ、だって昇天するとか言っちゃった手前、気恥ずかしかったんだもん。誰かが来るとその花瓶の花の中に隠れてたんだよね。あのオッサンのせいで病室を離れられないし、変なことに巻き込んじゃっていいのか悩んじゃって――

――そんなこと……ま、こうなったからには、頼《たの》みにしてちょーだい。おいらも姫もだけど、二人ともそれなりに伝手《つて》ってもんがあるし。結構役に立つよ。それに、いざとなったら、笙ちゃんにも参加してもらうし――

三人が結束したことを、笙ちゃんはまだ知らないけれど、いずれ巻き込むことになるだろうな。その時こそ今まで秘密にしてきたことを教える時機なのだろうなと、ふと思うおいらであった。

それにしても、女の子ってみんなこんなに強いものなのかな？　姫だっておいらが生きている時から、友達とか好きな女の子っていうより、お母さんみたいだったもんなー。すっかり、意気投合している女子を横目《すがめ》つ、世の女性はみんな、普段はしおらしく楚々としていても、実はこの二人のように喧嘩っ早くて強いんじゃなかろうかという疑いを抱いたのであった。

第三節　幽霊キワさん、むべなるかな

笙ちゃんとその友人達のこともそれはそれで懸案事項ではあるけれど、あいつらもいい年こいた高校生。どんなことでも真っ当に判断できる大人の関係だとおいらは踏んでいる。ゆえに、どちらかというと病院の一件の方が急務だと感じていた。

『調べてみる』とは言ったものの、実はアイツに近づくのはかなり心が重くなる作業なんだ。それは何もアイツの纏っている空気が汚濁に塗れているからということではない。ほかにもそういう空気を纏ったタイプは誰かしらいるだろうとは思うんだけど、アイツに関しては、おいら絡みだけでも二つも気が重くなるような理由があるからだ。

一つは、おいら自身の人生に関連して。

もう一つは、笙ちゃんの人生に関連して。

どちらも話せば長くなるのは必定なのだが、二つ目は、笙ちゃんにもまだ話してない超秘密事項なのでまだ言うつもりはない。

結論から言って、アイツは健常に見えるが精神を病んでいる。それも、家庭外で傍迷惑な行為を続ける小悪党タイプだ。重罪にも絡んでいるけれど、それは結果としてであって、ともかく常にどうして？　っていうくらいよからぬことしか考えてない。

どんな言葉を当て嵌めれば表現できるのか分からないけれど、全ての行為が悪辣に尽きる。『こそこそ計画しては実行する』を繰り返す。泥棒ならコソ泥タイプだと思うけど、対象がいかにも大人しい女性ばかりなので、始末に負えない。

そもそもこの病院とおいらの関係や、アイツとおいらにどんな縁があるのか、一度も笙ちゃんに説明したことはない。一つを語れば芋蔓《いもづる》式に笙ちゃん絡みのことまでも言う破目になってしまい、とんでもない傷を負わせてしまいそうで言えない。

アイツを知る一人、弁護士の葉山は職業柄早くから紹介してしまったけれど、最も縁の深い姫のことすら、まだ笙ちゃんは知らない。いずれきちんと説明する必要はあるだろうと思ってはいるが、まだ時節じゃない。

ただ、おいらは『アイツの計画を調べる』ために心の整理が必要だ。だから、記憶を整理しておこうと思う。

そう、葉山と姫、それからアイツを含めた四人のグループとおいらの七人とは、高校の同級生だった。同じ部活に所属していたので、全く知らない仲でもなかった。

部活は、『弁論部』なんて小難しげでいかにも弱小部っぽいところ。

あの四人組がどうやって知り合ったのかは知らない。今となっても知りたいとは思わない。中学の同級生だったのか、塾が同じだったのか。いずれにしろ、高校に入る前からの知り合いだったようで、入学式のその日からつるんでいた。彼らは悪い意味で目立っていた。『十目井仁人《あきと》』以外の三人は、もう名前の記憶も曖昧だけど、顔は忘れていない。ま、葉山に頼んで忘れないように、写真立てを残してもらっているから、ちょっと見れば思い出す。いつまたどんな蛮行で人生が交錯するか分からないからね。

ともかく、アイツらと出遭ったのは、おいらが十五歳で、都内の公立高校に進学した時のことだった。今もあるのかな？　幽霊になってから一度も訪問してないから分からないや。でも公立がなくなるのはニュースになるから、知らないってことは存続しているんだろう。六年制とかには、なっているかもしれないな。

いけない、話がずれちゃった。おいらは『祖父江侑一』なんて立派な名前だったので、初対面の時は、どこかの田舎の大金持ちのように勘違いされることが多いのだけど、実は養護施設で育った。

おいらの両親は世渡りがうまくなかったのか、借金苦の挙句、無理心中で車ごと川にドボンしちゃったんだよね。

だけど、おいらだけ助かったんだ。小さい頃から神経質なタイプで、両親の様子がおかしいと感じて、そうとは知らず出された睡眠薬入りサンドイッチに手をつけられなかった。だって、サンドイッチなんて母さんの手作り以外口にしたことがなかったのに、パン屋で買ってきたものなんて、お高そうで無理だよ。食べずに隠したので、眠れなかったんだ。

おいら自身はまだ五歳だったけれど、かなり小さめの体格だったから、自力で半分ほど開いていた窓から抜け出せた。でも、どうにかして連れ出したかった弟は、母さんの膝で眠りこけていた。まだ赤ちゃんだったから、当然のごとく母さんががっちり抱き込んで、手離してくれなかった。

おいらは、五歳で天涯孤独になっちゃったんだ。借金しまくった親戚縁者は、さすがに受け入れてくれなかった。冷たいようだけど、当時の経済状況を考えれば仕方ない気もする。

で、養護施設のお世話になったのだけど、ああいうところって、本来義務教育の終わる年齢で社会に出されちゃうんだ。要は中学卒業とともに就職するのが普通だった。

ただ、おいらはすごく優秀な部類に入っていたので、公立高校に限り進学を許された。

その代わり、施設の子ども達の世話や学習指導とかのお手伝いが義務付けられたし、
ほかにも外でバイトをしなくちゃ教科書すら買えない貧乏高校生だったけどね。

　だから、彼らのようなタイプと縁ができるとは露ほども思わなかった。

　何しろ、アイツら四人は実家が金持ちで、あからさまに裕福な高校生だった。ごく普通の白シャツなのにブランド物なんてのは序の口で、全て金次第でなんとでもなると思っているような輩《やから》だった。それこそ、やりたい放題で何をしても許されると、勘違いしているようなタイプが集まっていた。

　既に弁護士を目指すと心に決めて『弁論部』を選んだ葉山も、論理的な思考に磨きをかけようとしていた姫も、そして、お金がほとんどかからない上に人前で喋ることに慣れようと一大決心をしていたおいらも、三人にはそれぞれきちんとした目的があった。けれど、そういう前向きなモノとは、全く別のベクトルを向いたアイツらは、邪な欲望でのみ部活を決めたのだった。

　もちろんその事実は後になって知った。

アイツらは、入学式で話題をさらった人に目を付けた。創立以来初めて演壇に立った女子の新入生代表にして、美貌の持ち主だった『姫』こと橿原理英子が目当てだった。

そのため、高三に二人、高二に一人という絵に描いたような弱小文化部が、高一が七人という快挙に恵まれたのだ。

姫が、もし大人しいお嬢さんタイプや完全無欠の女王様タイプであったなら、どうなっていたかは想像するのも怖い気がするけれど、お坊ちゃま達には残念なことに、彼女は正義感が強く頭脳明晰でハッキリ物を言う姐御タイプだった。

女傑ともいうかも……本人には言えないな。

ともかく、姫の態度がアイツらと一線を画して、歯牙にもかけなかったことに加えて、高三の先輩が非常に強いリーダーシップを発揮したこともあって、おいら達が高一の間には、問題が起きることはなかった。

事は、高校二年生になってから突然沸点を超えたように起きたのだった。

『滓《おり》』のようにこびりついて、忘却を拒むような過去である……。

対立関係というほどのことではないけれど、常に行動を共にしていた四人組に対して、極真っ当な人間性を有していた残り三人が行動を共にするのは必然ともいえた。

　葉山と姫が想い合っているのはなんとなく感じていたけれど、そういう男女の感情は置いて、二人は仲間としておいらを迎え入れてくれたんだ。その、人としての優しさに、おいらはすごく居心地のよさを感じていて、お邪魔虫を決め込んでいた。両親のいないおいらは二人に家族とか親兄弟とか、そういったモノを見ていたように思う。

　発端は、おいらの名字だった。どこで調べたのか、『祖父江《そぶえ》』というのが歴史上の人物のものであって、それなりの名籍であることを探り出してきた。それが、気に入らなかったのだろうか。

　先輩からの課題で、弁論のテーマとなりそうな記事を新聞から切り抜く作業を、三人が黙々と行っていると、四人がやって来た。昔ながらの木製の机は、切り抜きなどをするのにハサミへの当たりが柔らかく、かちゃかちゃと耳障りな音もあまりしないので、静かに没頭しているところだった。

「おい、祖父江。オマエの父親の職業ってなに？」

「出版社の経営者なら、うちの父親とは大学の同窓のはずだけどな」

「多分、うちもね」

「うちは知らないと思うけど、これから関係ができるかもな」

などと、四人にしては実に友好的に話しかけてきた。といっても態度は、傲慢や尊大さを隠そうともしてなくて、おいら達が座っていた席の隣の椅子に片足をかけているので、すこぶる偉そうではあった。

残念ながら彼らの期待に応えることのできないおいらは、どちらかといえばぶっきらぼうに返事をした。そんな言い方は生まれて初めてだったかもしれない。

「両親は早くに死んだ。幼すぎて職業とかも知らない。知っていたとしても、君達の親と縁があったとは思えない」

プライベートに踏み込まれることに慣れていなかったおいらが、不必要に冷たい態度をとってしまったからかもしれないが、おいらの回答は四人のお気に召さなかった。だけど、その場は「ふん」とか「知らねーのかよ」とかという捨て台詞を吐いて去っていったので、もう二度目はなかろうと勝手に思い込んだ。だが、悪意をもって人を断罪しようという人間が、それで飽き足りるはずもなかった。次の部活の時には更に明らかな攻撃となって戻って来た。

「十年前の新聞、見たぜ」

「オマエ、生き残ったんだってな」

　アイツらは事実を述べているだけのつもりだったのかもしれないが、それらの言葉は毒を含んでおいらを直撃した。

　誰にでも、触れられたくない現実や過去がある。それを知ってなお触れずにいるのが大人というものだし、分かっていても自然な態度で受け入れて対応するのがよき隣人というものであろう。だが、ああいう奴らにそういう期待をしても無駄というものだ。

「倒産とかありえねーし」

「銀行から金借りりゃいーじゃん」

「銀行も馬鹿じゃないさ。返済能力のない零細企業なんて、相手にするわけないじゃん。仕方ねーんじゃねーの？」

「オマエの親は、自力で切り抜ける才覚もなかったわけなのな？」

　事実であったのかもしれない。

　けれど、おいらの両親だって、望んでそんな結果を招くはずもなかったろう。それに、どの程度の規模の会社だったのかも、どんな実行力を備えた大人だったのかも、小さい時に亡くしたおいらでは知る由もない。そして、おいらが高校生であった当時のような、救済措置があれこれある時代でもなかったのではないかと思う。

弁明のしようのない過去の、しかも自分自身に責任のない話にどう対抗したらよいのか、極内向きな性格だったおいらには想像もつかなかった。おいらは、机につっぷしてアイツらの言葉から耳をふさぎ、殻に閉じ籠るしかなかった。

そんな様子を見ていて、それこそ立ち上がったのが二人だった。

もちろん、この時はまだおいらの境遇を詳しく知っているわけでもなかったし、後に知ることになっても少しも態度は変わらなかったのだから、その精神的な成熟度はアイツらと比べるべくもなかった。ともかく、その二人が、おいらの姿をその背に隠すようにして、庇ってくれた。

「君達が裕福なのは、君達自身の実力のなせる業《わざ》なのか？」

穏やかで優しい声がした。葉山だった。

「よかったわねぇ。あなた達の親御さんはまだ倒産とかしてなくて。子どもはそれに振り回されるだけだものねぇ」

嫌味が効きすぎて怒りを買いそうな台詞は、さすがに姐御だ。姫の指摘はいつもキツイけれど、後味が爽やかだ。もちろん四人は一言も言い返せなかった。だが、その場ではぐうの音も出なかったアイツらは、底意地の悪い仕返しをおいらにすることにした。

貧乏高校生だったおいらは、『ダッチワイフ』という女性に似せた人形があることなど全く知らなかった。姫と同じく標準服を着せた人形に重りをつけて、羽交い締めにしているのを遠目に見て、姫だとすっかり思い込まされてしまった。まるで人質を取られたような格好になったおいらは、アイツらの言いなりにならざるをえなかった。

おいらを抑えつけた二人とおいら、姫を人質にした残りの二人と姫もどきは、校舎の対角線上にいた。そのうえ眼鏡を取り上げられて視界不良だったおいらは、人形などとは少しも疑わなかった。

「オマエが飛び降りないのなら橿原を突き落とす」

冷静に考えれば、不自然な点はてんこ盛りであったにもかかわらず、おいらは全部真に受けて、抵抗もしないで柵を乗り越えた。

これっぽっちも、迷いはなかった。

だって、天涯孤独なおいらにとって施設の職員や仲間以外で、家族のように親身になってくれる葉山と姫は、掛け替えのない存在だったんだ。多分葉山でも、同じようにしたたと思う。

ともかく、四階建ての校舎の屋上から飛び降りたおいらは、地面が近づくのに気付く間もなく、気を失った。

そして、目覚めた時にはこうだった。

第四節　強い女と一緒ならば……

『アイツらの現状を知ることは多分ないだろう、こちらから再び縁を持つことは絶対ない』

そう思っていただけに、今回、アイツらの中でも一番悪質だった十目井仁人と直接かかわることになるとは思いも寄らなかった。

医者として地域の尊敬を集めた祖父『仁』から一文字もらったにもかかわらず、家族の期待に一ミリも応えることなく、年だけとっている下衆野郎という噂だけは耳にしている。

それが、こうして美里ちゃんを守るために調べることになって、忘れたかった過去を振り返らざるをえなかった。

高校二年生……今の笙ちゃんと同い年だったんだなあ。おいらは地獄にはまっちゃったけどねぇ。今更恨みをはらそうとかはないけど、かかわりたくないのが本音だしなー。ブツブツぼやきながら理事長室に入り込んだおいらは、顔見知りの幽霊二人に声をかけた。

――あー、お二人さん、お久しぶりですねぇ。最近はどうですか？――

理事長用の机上プレートに、こちらに背を向けて腰かけた小さな後ろ姿は、見慣れた光景だ。二人同時に振り向いて答えた。

――やあ、キワ君。とりあえず現状維持ってとこだよ。だから、この人は変われないんだろうけどね――

――キワ君、こんにちは。不思議なものね。こうなると『久しぶり』という言葉の感覚も微妙になっちゃうわ。でも、主人の言うように相変わらずですよ――

――やっぱり抜けてませんか～。お互いにとって都合がいいんでしょうかねぇ。おいらの知る限りでも、あのこと以来ずっとですもんねぇ。はあ～――

――本当に、長くなったものだ。だが、我々にできることはそう多くない。見張って何かあれば、看護師長に報告して。その繰り返しだったよ――

――まあ、確かに長くなってはいるけど、それでもね、寄生主が変わらないのは、監視しやすくもあるのよ――

――コイツが死ぬまでですかね……あとどのくらいなんだか……――

――ホントに長いわよねぇ。ただ、いつまで私達がこうしていられるか、このままの意識を保てるのか、分からないことだらけですし。早々に封印することができればいいのだけど……悪いことばっかりするし――

そっかあ……でも、この状態でどこにどうやって封印すればいいのかも分からないし、難しいですねぇ。とりあえず、コイツが死ぬ時、別の個体に移ろうとした夕イミングが、チャンスなのかもしれないとしか分かってないですもんねぇ――

それも早晩分かるかもしれないし。時間が気にならんところも、我々のいいところだよ。まま、で、今日は？――

――前に姫さんが言っていたあの女の子のことかしら？――

――あ、いけない。多分そうかな？　実はですね、――

そう説明を始めようとしたおいらであるが、同時にいろんな思いが渦巻いてきて、一瞬言葉がつまった。

前にも言ったかもしれないけれど、幽霊が幽霊とかかわり合うのはすごく珍しい。いや、かかわること自体は珍しいことではないのだけれど、こんなふうに意思疎通することは、極めて稀である。

以前、美里ちゃんのお母さんとかかわった時だって、こんなふうに理性的な会話が成立すれば、もっと事は簡単に解決できただろうに、そうはならなかった。つまり、幽霊の多くは理性的な会話をする能力に欠けていることが多い。おいらもイレギュラーだけど、この二人もレアケースなのである。

アイツ関連で、のっぴきならない事情の下でこの二人に出会って以来、既に十年以上経とうとしている。本当にいい人達だ。心から寄り添っていたいであろう人がいるのに、時々遠くから眺めるだけで、見守ることもせずに、アイツを見張る方を選んだんだもの。

二人との以前の会話を思い出して、すごく切ない気持ちがよみがえってきた。

――キワ君、それはだな、この人があまりにも邪悪なモノに心を侵されていて、何をなしても罪の意識が乏しく、欲望のままに生きていて、誰にとっても危険な存在だからだよ――

――私達だけじゃなくてあなただって、この人が普通の人なら、こんなことにはなっていなかったでしょ？――

――それは確かにそうなんですけど……本当にこのままでいいんですか？　気にな

らないんですか？

――まさか。気になっているわ。とってもね。でも、……――

――うん、そうなんだ。仕方ないと言えば嘘になるな。でも、あの子のそばにいてやりたかったけれど、見えることがかえって障害になったろうし、いいタイミングで君に出逢えたし。今は、遠目に姿を見ることができればそれで十分満足だよ――

――そうなの。もし昇天する時がきたら逢いたいわ。でもね、事故当時のことを思えば、あの子にこの人の厄災が及ぶことの方がずっと怖いから――

そう言って頷き合った二人の様子は、もう遠い昔のような気がする。いまだに「じゃあ、成長した今もそう思う？」という問いが喉まで上がってくるけれど、詮無いことのようで言葉にする気にはなれない。

それなのに、すごく近しいところで、アイツ絡みで事が起きそうだと告げるのは心苦しい限りだ。言葉が止まっていたおいらを、急かすでもなく穏やかに見詰める二人に、感謝の気持ちを込めながら、話し始めた。

――実は、この病院の一般病棟の個室階に、美里ちゃんって女子高生が入院してるんだ。言いにくいけど、おいら達が時々お見舞いしている子なんだ。笙ちゃんの高校の同級生でね、――

少し驚く二人には申し訳ないが、事情を分かってもらわないと彼女を守れない。そのまま話し続けた。

――ということで、できればあちらにも気を付けていただきたくて。不快な場面に遭遇することもあるかもだけど――

快諾してもらってほっとしたのも束の間、おいらはその足で姫を訪ねて、二人との連携について確認した。

そうこうしているうちに、季節も移ろい、晩春特有の青味がかった匂いが風に乗って巷を通り抜けるようになった。笙ちゃんの近辺は何気なく小忙《こぜわ》しく、それを微笑ましく見詰めるおいらには、気怠《けだる》い日々が続いていた。

災いは忘れた頃にやってくる。穏やかな日常を打ち破るように、例の二人の監視者から急報があった。

――このところ立て続けに、小道具をあれこれ集めて何かの準備をしているようだよ。どうもあの女の子によからぬことをするための道具のように思えてならないんだ。

いつとはっきりしなかったので連絡をしていなかったのだが、どうも今夜あたりあやしい気がするのでね

——そうなのよ。あのヒト、看護師のシフト表を確認していたから——

——当然、姫のいない日を狙っているってことか。となると、急を要する事態かもですね——

おいら達幽霊の伝達方法は生きている人達のそれとは随分異なる。テレパシーなるものを想像してもらえると分かりやすいんだろうか。相手を思い浮かべるとツーカーになるんだよね、便利なことに。

んで、おいらは理事長室にいる二人からそういう連絡を受けると、即座に姫のところにすっ飛んで行った。

大体どうするかは決まっていたんだけど、まずいことに姫には実家での用事があって、病院に来られるまでに時間がかかるという。どうやらおいらが阻止する必要がありそうだ。久しぶりだから、幾分不安ではあるが、まあやればどうにかなるでしょ。

ともかく病院へと、今日はカラスコプターの出番はなく、直接瞬間移動し、院内を隈《くま》なく探検し、おいらの助けになりそうなモノや人を物色した。今回はかかわらせた

くないので笙ちゃん抜き。おいらの実力が試されるってわけだ。

おいらがあれこれ苦労していた時、アイツがどうしていたかというと、ごそごそ何かをカバンに詰めていた。もちろん、二人から解説付きの映像が送られていたので、おいらにも丸分かり。手を動かしながらブツブツ独り言を言うので内心の黒い欲望がだだもれだ。

「あの女の今日のシフトは、夜勤明けで、その後帰宅したことを確認したから、休務日なのは間違いないな」

指を折って一つずつ確認する勢いだ。

「どういうわけか、あの女は昔から『勘』が鋭くて、大事がばれることが多いからな。用心するに越したことはない」

カバンに詰め終わって、手持ち無沙汰になったのか、ウロウロし始めた。名ばかりの理事長職で、特別任されている仕事もないので、訪ねる人もない理事長室内を、グルグル歩き回っている。

「なんで父さんが、あんな女にこの病院への勤務を許してしまったのか、理解できないよ。いくら裁判所命令だってさ、一旦命令通りにした後にどうにでもなっただろうに。じーちゃんのコネ使えばさ。居座りやがって、腹が立つったら」

　姫が看護師として優秀だったからという事実には、少しも目を向けない浅はかさが、幼児性を露呈しているのに。グルグルしながら更に腹が立ってきたらしく、歩く速度が上がって見えた。

「ともかくそのせいで、病院内で私が行ってはいけないエリアがいくつもできてしまった。特別個室階なんかは特にそうだ。警備員がいる監視病室と関係しているのは、百も承知だけどね」

　息が上がってきたので窓際で一旦停止すると、深呼吸しながらまた呟いた。

「あの娘のいる病室は、個室階だけど監視病室とは離れているし。昔の事件のせいで、結婚はおろか女性との交流もままならない身としては、このチャンスは逃せないものな。ろくな身寄りもなさそうだからな、万が一ばれてもどこらかも不満はでないだろうし、隠蔽《いんぺい》も簡単だろうし」

　思い通りになりそうな妄想で怒りを静め、機嫌が戻ってきたようだ。

「理事長なんて名前ばかりで、大した仕事も給料もないんだから、金をかけずにいい思いができるチャンスを逃すかっ。病院経営者の身内という旨味を存分に味わってやる」

そう言うと、おいら達の高校時代に流行っていたマジソンスクエアのバッグの中身をまた検め始めた。

「ビデオよーし、ライトよーし……全部準備オッケー」

持ち物に満足がいくと再び呟いた。

「日付が変わって一時から四時までは、見回りもERなんかに限られるから、この時間帯しかないな。さすがオレ」

実に満足げに、理事長用の立派な革張りのリクライニングチェアにどっかりと腰を下ろし、スマホのアラームをセットして仮眠を取り始めた。

その様子を見て、おいらも自分の準備に勤しむことにした。

――コイツが起きたら呼んでくださいね。ちょっと行ってきます――

そう告げると、二人の幽霊は手を振って送り出してくれた。

＊

一人芝居的な一部始終を、机上のネームプレートに並んで腰かけて見ていた二人が、そっと話し合いを始めた。

――キワ君。時間がかかりそうね――

――姫さんは遅れるって話だったな――

――私達に何かできるかしら？――

――うーん、二人とも憑依もできたことはなかったし、どうだろう？――

――とりあえず、コノヒトが目覚めたら二手に分かれることにする？――

――そうだな。君は美里ちゃんという子の病室に先回りしておいてくれるかい？　私は、コノヒトと一緒にいるか、キワ君を探すか。いずれにしろ、同性相手だから、考えをつかみやすいだろうし、私の方が素早く動けるだろうからね――

――ええ、ともかく私は彼女の病室にいましょう。何ができるかは分からないけど、変化はすぐ報告するわ――

二人の幽霊がそんな会話をしていると、間もなく、スマホのアラーム音が狭い室内に響き渡った。細かい調節が苦手らしく、アラームの音量は最大のままであったが、病院の暗闇に吸い込まれていった。

幽霊に明瞭な時間感覚はないが、いる場所や、そばにいる人の行動によって感知することはできる。ゆえに、このアラームで今が夜中の一時であることを、理事長室の二人の幽霊は知っていた。

企みを行動に移すべく、改めて荷物を確認しているコノヒトの背中を見詰めながら、限りなく悲しい気持ちにはなったが、放置することはできない。二人は顔を見合わせると、黙って打ち合わせの通りに行動を起こした。女性の方の幽霊は、即座に美里の病室に飛ぶと、キワさんから聞いていた花音の霊を呼んだ。

――あの、花音さん、いらっしゃるかしら？　私、理事長室にいる者ですが、そろそろ動きがありそうなので来ました――

――あっ？　えっ？　どなたですか？――

――あら？　キワ君たら、お伝えしてなかったのね――

――いえ、動きがありそうなら連絡がいくとだけ……――

――あらまあ、じゃ、驚かせちゃったわね。まあいいわ。自己紹介はいずれするとして、とりあえず理事長室憑きの霊の一人と申し上げておきますね――

――霊の一人？――

――ええ、もう一人いるのよ。そっちは、病院にいるはずのキワ君に声をかけに行きましたから、彼経由で、看護師長さんにも連絡はいくでしょうし。ともかく私達は、この場で待ちましょうね――

――えと、はい――

幽霊にいい人そうとか悪人っぽいとかいう違いがあるのかはよく分からないけれど、なんとなく理性的な話し方が信頼できそうなので、花音は言う通りにすることにした。

程なく病室の外から、廊下をヒタヒタと歩く足音が聞こえてきた。周囲を窺っているらしく、時々足を止めているようだが、それでも大胆な足取りで美里の病室の前まで来ると、迷いなくさっと引き戸を開けた。姑息な人間にしては、そういう大胆さが小面憎い限りだ。

――ムカつく――

と声に出して言う花音に、女性の幽霊がそっと告げた。

――何か仕掛けるのは我慢してね、残念ながらキワ君も、理事長室憑きのもう一人も、姫さんもまだだからね。それに、有無を言わせない状態でないと、彼らときちんと取引できないから……――

どういうことだろうと首をかしげる花音をよそに、理事長はニヤニヤしつつ荷物を広げ、機材をセッティングしている。それを見下げ果てた奴だとイライラしながら見ていると、女性の幽霊が言い足した。

――ほら、動かぬ証拠は、ああやって自分で準備したものに残りますからね――

花音は、ああそういうことかと頷いてから、再び呟いた。

――キワさんてば遅いな～。姫さんは遅れるって分かってるけど。コイツってば、どこまで横暴なことするか分かんないんだもん。ちょっとでもみぃちゃんに触れたらタダじゃおかない――

――それはそうね、――

返事の途中で、男性の方の幽霊がするりと入室してきた。

――すまない、遅くなった。キワ君を見つけるのに案外手間取ってしまった。まさかという人物だったんで。でも、もう廊下に待機している――

――あら、期待していいのかしら？――

――どうかな？　ともかく、君は姫さんが今どこにいるか確認して状況を説明してくれるかい？　さっき彼が連絡入れたら、最寄り駅からタクシーを飛ばして来るそうだから――

――ええ、分かったわ。彼女の現在地とかかる時間を確認したら、戻るわね

女性の方の幽霊は、花音にちらりと目をやると、大丈夫とでも言いたげに頷いてから、すっと消えた。

――よく分かんないけど、コイツがあれこれしちゃうのを暫く黙って見ているってことよね。きーっ、目の前の悪事を眺めてる破目に陥るなんて、腹立つ～。コイツ、頭ぶつけて死ね。機材で怪我しろ～――

なんて顔に似合わない悪態をつく花音の横で、男性の幽霊は何かノートのようなものを取り出して記録しているようだった。そんなこともできるの？　という疑問をぶつけようとしていたら、女性の幽霊が戻って来た。

――あと五分足らずで病院の夜間受付に着くそうよ。最終的に、コノヒトが罪を犯すところを撮影したビデオを、キワ君が押さえることができれば――

――ああ、また、取引可能になる――

――ねぇ、取引って？　警察に提出しないの？　犯罪なのよ――

――ふむ、花音さんだっけ？　ともかく詳しくはキワ君か姫さんからお聞き。警察

に持っていってもうまくいかないから、そうするんだよ――

――よく、分かんないけど。結果に納得できなかったら、警察沙汰にしてもらうから、いいっ――

ぷりぷり怒る花音を優しい目で二人が見るものだから、居心地が悪くなっていると、ビデオの録画ランプが既に点灯しているのがちらっと見えて、三人同時に目を向けた。するともうイヤラシイ体勢になった理事長が目に入った。

――コノヤロー、みぃちゃんになにしやがんだあーっ――

叫ぶ花音の目前で、理事長は美里の寝巻のズボンを下ろして下半身を露わにし、自分もズボンをずり下ろすとベッドに上がり込んだ。自分の悪辣で破廉恥な行為を映像に残そうという神経は疑うが、この際それは大事な証拠だ。録画を確認し、事態がそこそこ進んだ既《すんで》のところで、二人が叫んだ。

――キワ君、今だ――

――キワ君、録画されてるわ。今よ――

彼らを振り向いて見ると、花音も一緒になって騒いだ。

――キワさーん、もう我慢の限界〜。お願い早くッ――

すると病室の引き戸がガーッと開いて、見たこともない掃除のおじいさんが入ってくるなり、録画ランプを確認してからビデオカメラを手に取った。

「あんた、こんなことをして罪にならないとでも？　いい加減にしなさいね。これはおいらが預かって」

掃除のおじいさんが皆まで言うのを待たず、ズボンも上げずに理事長が飛び掛かってきた。

「がーっ、じじぃ、返せ〜」

理事長と掃除のおじいさんがつかみ合ったまま床にころがった。いかにもヨボヨボしたおじいさんは、いつの間にか下敷きになってしまい、左手で首を絞めようとする理事長の右手を必死に払い、右手でカメラを離すまいと抱え込んでいた。

一進一退の攻防に、花音はなんの力にもならないとは知っていても、助勢せずにはおれなくて、後ろから理事長の頭に回し蹴りをくらわした。いつもならすかっと抜けてしまうのに、この時は頭のところにぼんやりと浮かんでいた薄い靄のようなものに、べちゃっと妙に粘着質な音を立てて当たった。

――きゃっ、花音さん、ナイスキックー。え？　キック？　――

――あれ、キック？　おや？　当たったのか？　なんでだ？――

二人の幽霊が同時に声を上げて首をかしげて見守っていると、年寄りに覆いかぶさっていた理事長が、獣のような目をして振り向いた。その時、花音は蹴りが当たったモノの正体がなんなのか悟った。

昏い靄と理事長の姿が微妙に重なった状態で、いきなりおじいさんから手を離して振り向くと立ち上がった。昏い靄の方が、花音を見据えて飛び掛かろうとした。

間の悪いことに、その真ん前に姫が飛び込んで来てしまった。と、ソイツら（？）は姫に飛び掛かった。もがいてその手から逃れようとする彼女と理事長が揉み合っているのを見て、掃除夫に憑依したキワさんがビデオカメラを置いて、助っ人しようとした。

「なにやってんの！　あんたは、カメラを死守すんのよっ！」

姫が叫んだ一瞬の隙に、理事長の両手がその首をとらえた。

ビデオカメラを片手に、キワさんは慌てて廊下に出ると、入り口のそばに寄せてあった掃除用具入れのワゴンに隠し、代わりにモップを取り出すと病室に戻った。そして、モップで理事長の背中を力任せに殴った。

「姫を離せ！」

だが、憑依した老人が非力だったのか、力の入れ方が足りなかったのか、ソイツの力を削ぐことにはならず、姫の顔色が赤黒く変色し始めた。

これは危険だと思った花音は、「ままよ、成るように成れ」ともう一度、理事長の頭に蹴りを入れた。また、べちゃっと変な音がして当たると、花音の足には何やら纏わりつくような気色ワルイ感じがした。

すると、姫の首を絞めるほどに昏い靄と姿が一体化しつつあった理事長から、再び靄が分離しそうになった。

「姫、手が離れるぞ。今助けるからな」

「あっ」と一斉に声がもれた際に、理事長の手が緩むと、靄がぐいっと外に出ようとした。

――あなた！　花音さんの足に！――

――ああ、コイツには質量感があるな。ならば――

――ええ、今ね――

こんなふうな短い会話の後、とっさに二人の霊は理事長のそばに駆け寄ると、両側から理事長の中に靄をぎゅうぎゅうと押し戻し始めた。そうしてそのまま、自分達ごと、もがきながら体内に入り込んでいった。

靄と二人の霊が消えると、理事長の姿はクリアになって、ごろりと床にころがった。気絶してしまったようだった。

理事長の体内に入り込む刹那、キワさんが、「笛吹《うすい》さん、もう一度靄が戻って入り込まないよう、頼んだよ！」と後ろ向きに叫んだ。その背を見上げると、二人は目を合わせて首を横に振ったように見えた。一部始終を呆然と眺めているしかなかった花音の目には、二人の霊が覚悟を決めて、ヤツの中にぐっと入り込んだように見えた。

こうして、理事長は動きを止めた。

ヤツの動きを感じなくなったことに安心して、長い溜め息をつくと、掃除夫のままのキワさんは、床につっぷして咳をしている姫のそばに心配そうに跪《ひざまず》いて、その背をさすった。「ゲホゲホゲホッ」とものすごい咳をしながら顔色が戻ってきた姫は、いつもの調子が復活してきた。

「あーあやうく殺されるところだったわー。危なかったー。キワ、何がどーなったの？」

「うんと、あっという間で」

「あー時間かかりそうね。それは後で説明してもらうわ。ともかくまずは後始末をしましょう。あんたは、気持ち悪いだろうけどコイツに服を着せて理事長室に持っていって、とりあえず理事長の椅子にふん縛っといて」

「縛るだけで大丈夫かな？」

「心配なら上からガムテープも巻いたら？」

「あ、なるほど。そうするわ。ぐるぐる巻きならじじいでもカーンターン」

――じじいでもって。やだ、失礼よ、キワさん！　でも、縛るだけなの？――

「花音ちゃん、心配ないよ。息しか出来ないくらいぐるぐる巻いとくから」

――それって一時的っ！　絶対繰り返すから、警察に突き出してよ――

「この体を元の場所に戻して来たら説明するからさ、ちょっと待っててね。じゃ、姫、とりあえずガチガチに固めてくるわ」

「そうして。それが済んだらすぐ戻って来て。その間に、私は美里ちゃんの服とベッドを整えて、ビデオの中身をコピーしたりして、交渉の材料となるようしっかり隠してくる。それから私も戻ってくるわ」

キワさんは黙って廊下に出ると、ビデオカメラと車椅子を持って来た。カメラを姫に渡し、服を着せた理事長を乗せて行った。

その間に、姫は手際よく美里の寝巻やベッドを整えると、カメラを持って、これもどこかに行ってしまった。

怒涛の勢いであれこれことが進む間、何をしていいのか分からない花音は、ただ美里の枕元に座っていた。暫くすると、まず姫が戻ってきて、花音に聞いた。

「どう？　美里ちゃんに何か変化は？」

――変わりないみたい。あんなことされかけたショックで、意識が戻るかと期待したんだけどな～――

するとと扉側から、掃除のおじいさんをどこかに置いて来たらしいキワさんが、すり抜けて入るなり言った。

――よっぽど世俗に戻るのが嫌なんだな。でも、このままじゃ、体が衰えていっちゃうしね。どうにかしてあげなくちゃね――

――どうにかなるものなの？　みぃちゃん達には、こちらの様子は聞こえてるみたいな気がするんだけどな。何をどう伝えたら戻って来てくれるのか分かんなくて――

「聞こえてるの？　なのに、この状況でも出てこない？　でも、聞こえているなら方法はあるかしら？　それはおいおい考えましょう」

姫が小首をかしげながら優しく花音に言うと、病室を見回して厳しい声で尋ねた。

「で、キワ、あの二人は？」

――それが、どさくさに紛れてよく分かんなかった。おいら、恥ずかしながら姫のことばっかり見てたからさあ――

「ばあか、役に立たないなあ」

――あ、それならあたしが分かるかも。見てるしかできなかったから――

二人の視線が集中するので、少し緊張気味にだが、熱心に答えた。

――えと、多分その二人は、アノヤローの体の中に、あの影みたいなのを押し戻して、そのまま一緒に入っちゃったように見えたよ。呼んだら戻ってくるのかな？　呼んでみる？――

――一緒に中に入った？――

「まさか、アイツの中にあの靄を自分達の身をもって封印？　なんてことを！　封印できたかどうかも分からないし、そもそも一人の体に三人も霊が入るって？　大丈夫なの？」

――分からんよ。アイツが目覚めたら分かるかな？――

「あんた、そういう状態になった事例、知ってる？」

――聞いたことない。全然知らんよ。そもそも三人の霊と数えていいのかな？あの靄って、一人分なのか？　二人も取り込まれちゃったりしないのかな？――

「幽霊のあんたが分からないんじゃ、お手上げだわね。いずれにしろアイツが目覚めてみないとどうにもできないわね」

――うーん、とりあえず再犯の不安はなくなったのかな？　様子を見てみるしかないか。暫く張り付いとくよ――

――ねね、封印したってことは、もう大丈夫なの？　さっきの二人は、もう戻れないの？　それに大体誰なの？――

「ああ、花音ちゃんはそもそも知らないことだらけだね。詳しくは、キワから、頼むよ。うん、あー、あの二人はね。君も知っている佐藤笙太君のご両親だよ」

――ええっ、佐藤の？　じゃぁ、戻って来なくちゃダメじゃん。ん？　あれ？　ところで、佐藤は知ってるの？――

――全く、君は鋭いね。実は笙ちゃんはあの二人がこの世に残っていることすら知らない。あの二人の希望でね。今後もこのまま秘密にするのか、どうするか、確認しないといけないのにな。かといって、こんなふうになってからじゃ、話しづらいなー。どうしたもんだろう……――

――何がなんでも戻ってきてもらわないことには、それ確認できないんじゃね？もしか、一番大事なことかも。それに、あの二人は、この先一体どうなるの？――

――うー、分かんない。花音ちゃんが蹴り上げた靄を、多分アイツの体内に二人がかりで抑え込んでるんだと思うんだけど、それで今後どうなるかはさっぱり。おいら、そういう知識が全くなくて。ともかく二人が抑え込めている限りは、悪さはできないだろうなーってくらいで――

――そっか。とりあえず状況を確認できるまでこのままでいるしかないんだ。じゃぁ、私は、まだ意識が戻ってないから、もう暫くみぃちゃんを見守っているしかないか――

――ところで、花音ちゃんは、笙ちゃんにはまだカミングアウトしないつもりなの？もう暫くいるなら言ってもいいんじゃゃ？――

――うーん、もうちょっと待って。やっぱ、会いづらいよ――

――えーまだ黙っとくつもりなの？　まあ、分からなくもないけど。でも、早目に判断してあげてね――

――う、うん、――

――じゃあ、今日は戦を制したということで解散かな？――

「ええ、そうね。事情を詳しく書いた手紙と録画のコピーを院長室と会長室に投げ込んでおくわね。条件は、そうね、美里ちゃんの入院費を軽減することと、特別監視個室への移動かしらね？」

――以前のごとくうまくやるつもりなんでしょ、姫？　ともかく任せるよ――

――以前？――

キワさんと、事の全容がまだつかみきれていない表情の花音が、それでも頷くのを確認すると、姫は軽く手を挙げて廊下に出て行った。

＊

興奮冷めやらぬまま笙ちゃんの元に戻ったものの、まだ報告できないものだから、おいらは、ことの顛末と今後の憂慮について、誰かに喋りたくて仕方がなかった。それで、新しく見知った幽霊に一方的に語って聞かせた。

言葉をあまり発しないヒトなので、返事を期待してはいなかったのに、珍しく反応があった。何か知っていることがあるのだろうか。

おいらがさまざまに悩ましい一方で、笙ちゃん達は、クラスマッチに突入していた。

第三章　男の子は大抵ツルツルのが好き？

第一節　どこもかしこも三者鼎立《さんしゃていりつ》？

さて、話は病院での一件より少し遡る。高校二年生達の出逢いのその後は、どうなっていたのだろう。おいらはというと、病院絡みで忙しくしている最中なのに、笙ちゃんのことだけは絶対放っておけない。だから、気になっている唐澤諒平君とその肩のヒトのことは、頼まれもしないのに観察を続けていた。

さて、その唐澤諒平君は……。

新学年になったからといって、親との関係が改善されたということはなかった。むしろ、母親のかの役者への傾倒に拍車がかかって、ついに韓国に行ったりファンクラブに入ってファンミーティングに参加したりと、留まるところを知らない。

彼が、新しい教科書を買うお金を要求した時も、何度も金額を聞き間違えるし、いつもなら学校関係の現金は茶封筒に入れて渡すのに現ナマでの手渡し……。

「そのままかよっ」と毒づいていた。

何をするのも気も漫《そぞ》ろな母親に、毎日ちょっとイラッとしている。

頼み事には一応答えてくれるけれど、それだけのことで会話はないと、評価は厳しい。かといって父親は頼りにならない。母親にともかく甘い父親は、助けにならないらしい。

ブツブツぼやく彼の言葉を借りるなら、家のことがどうにもならないくらいおろそかになっていれば、父親にも告げ口がしやすいし、もっと文句のつけようもあるのだそうな。しかし、イライラさせられる割には、はっきりと責める口実が見つからないようだった。

だから、余計に鬱憤がたまる。

せいぜい買い物袋から、春キャベツという表示のついている緑の塊がころがり出ているのを、そのままにしていることぐらいしか発見できずに、蹴って八つ当たりしていた。

思わず、『こらこら食べ物を粗末にしちゃいけないよ』と声に出してみたものの、届くはずもなく、肩のヒトも肩をすくめるだけで、何も変わらない。

自分だけを見てくれと甘えるには、高校生というのはやっかいな年頃なんだよね。

うん、やり場のない怒りのようなシロモノをどこにぶつけていいものかと悩む彼を、黙って見ているしかない。

そういう内在する感情があろうとなかろうと、日々は過ぎていくもので、彼の学校生活の方は極平凡に時間を重ねていた。友情などというものは、そういう中で偶然育まれるものなのかもしれない。

『阿吽君達』という一括りには多少抵抗があるらしく、諒平君は笙ちゃんにわずかな親しみを覚えたものの、積極的に会話しようという気にはならないようだった。お互い意識はしているけれど、なんとなく距離があるような関係が続いていた。

それがくずれたのは、五月の連休前のホームルームだった。

＊

ボクはスマホをいじって検索していたし、佐藤は机の中に入れるようにして図書館から借りてきたらしい本を読んでいた。

そのせいで、黒板の前に立って一生懸命何やらやっているクラスマッチ実行委員の野上には申し訳ないが、何が進行しているのかさっぱりだった。

何しろ一番後ろっていうのは、こういう場合大層都合がいい。ぼんやりしていてもちゃんと聞いているように見えなくもないわけだしね。んなぼけっとした状態の時、議長役の野上の声が突然耳を襲った。

「あ、おおい、後ろに鎮座している『阿吽君達』は、バスケとバレーで決まりだからね」

ああ、クラマチの振り分けかって、ええっ、決まりって。

「おい、選択肢なしはひどくね？　希望くらい聞けよ」

「だめ！　声をかけられるまでこっちの話を聞いてもいなかったでしょ！　それに、その背の高さだもの。諦めろい」

「もーっ、罪は認めるよ～。でも、ボク、バスケ部だぜ」

「じゃ、君はバレーとサッカーのキーパー！」

「まじかっ」

その時、文句なしなのかというくらい口を挟まなかった佐藤が手を挙げて発言した。

「ちょっといい？　背が高いという理由だけで僕をバレーとバスケにするのはどうか

と思うよ。何しろ部活は写真部の幽霊部員のようなものだし、その二つともルールすら怪しいよ。なんにもできないかもしれないよ」

「スポーツ経験ナッシング？　一年の時はどうしたのよ」

「体育の授業でやった程度だよ。運痴じゃないけど、できる男でもないよ。一年の時は、立っているだけでいいからって、サッカーのディフェンスとテニスの前衛」

「それはぁぁぁぁぁ」

評価のしようのない台詞を耳にして、どう話を進めるべきか分からなくなってしまった野上議長に一斉に非難が集中した。

「議長！　今更決め直しとかなしね〜」

「おーい野上さんよ、今日がクラマチ委員会に報告する最終日じゃねーのー？」

という大勢の声に押されて、心を決めたように宣言した。

「君には専任コーチを付けるから我慢して！」

「おいこらっ、専任コーチってまさか」

「あ、そのまさかだよ〜ん。バスケは唐澤君がコーチね。バレーは、ええっとぉ、バレー部って誰かいる？」

「あ、はなちゃん」

前方の席にいる女子が、振り返りながらはなちゃんとやらを見た。

「って、女子じゃん」

つられて思わず振り向いてしまった隣の男子が、突っ込みを入れた。

「いい、いい、ノープロブレム。ついでに愛を育んでちょーだい」

「くぉらぁ野上っ、私の意見も無視なわけ？」

「はなちゃんん、だめぇ？」

「げっ、あんたの甘え声ってきもっ！　分かった、やるし。でも、部活の日は無理だからっ」

「個人レッスンに関しては、個別にご相談くださぁい」

わちゃわちゃしながらも、妙なリーダーシップのある野上のおかげで、出場競技の分担は滞りなく進むと同時に、クラスの中になんとなくまとまりのようなものができつつあった。それはつまりボクと佐藤笙太との距離が物理的には縮まったことを意味していた。

ホームルームが終わるや否や、はなちゃんとやらがボク達の方に寄って来た。

「唐澤だっけ？　あんたはいつが都合いいの？」

部活がスポーツ系の女子にありがちなハキハキした言い草で、声をかけられた。

「放課後は基本部活だろ？　お互いに。なら昼休みに交代でやんねーか？　あと、部活絡みで用事ができた時はなしってことで」

「ＯＫ、それでいいわ」

「僕の都合は？」

「この際、無視っ！」

はなちゃんは断言して、こいつにこの日はダメとかあるのか？　と不思議そうに見上げた。

「まあ、大抵ヒマなんだけどね。言ってみただけだよ」

奴はタジタジの体《てい》で、引き下がってしまった。彼女は隠し事とかできないんだろうな、と思うとちょっと好感が持てた。その余禄で、佐藤もなんだか憎めない気がしてきた。

「ああん？　大抵ヒマ？　あんたそんなに恵まれた体格なのに、なんにもスポーツやんないの？　宝の持ち腐れよね。欲しくてもこの背が手に入らなくて、苦しんでるヤツがいっぱいいるのにさっ」

　清々しすぎて、だいぶ強いパンチだと思うけど、佐藤の奴はふわふわと受け流している？　そうでもないな。だいぶ困惑気味だ。

「んー、それは、そのー」

　どう答えようか悩ましいのか、口籠っている。すると、その時、ふいに近寄る丸っこい影があった。

「あのー、お話の途中突然お邪魔しますがね～。私は、彼と同じ写真部の田中といいます。余計な嘴《くちばし》を挟みますと、佐藤君には家庭の事情というものがあって、活動日が多かったり費用のかかる部活はできないんですよね～。特に、何かとお金のかかるスポーツは無理だと思いますよ」

「えー、嘘くさっ。カメラだって高いじゃん」

「あー確かに。でも、彼のは、お父さんの形見ですから」

「形見？　えっ！　ごめん。あたし、そういうこと疎いんだよね」

　佐藤がちらっと田中に感謝の視線を向けると、ふっくらした頬をまるっと持ち上げてにやっと笑い、親指を立てた。

まじか、そんなに恵まれた奴じゃないんだ。

いつもふわふわ受け流しているから、苦労知らずに見えて憎らしかったのに、ちょっと第一印象を見誤ったかなと申し訳ない気がした。こういうのって優越感とか驕りとかかもしれないけど、近頃のボクにしてはすごく素直に悪かったなと思えた。

「それでですね、ただ今お一人様暮らしで、家事全般をこなせて、料理も抜群の腕前の売り出し中です。なんとお弁当だって手作りなんです。ただし、彼と仲良くなると、もれなく田中がついてくることになっていますから、勇気がおありならぜひに！」

「ったく、何に対するお薦めなんだよ。言葉が丁寧なだけになんだかかえってむかつくんだけどな。部活のアウトドア活動の時、田中君にお弁当作るのやめよっかなぁ」

「ええっ、そんな殺生な〜〜〜」

「冗談だよ、ともかくフォローありがとう。んで、キミ達。これからよろしく。なるべく出来のいい生徒になるよう努力するよ。バレーは月水金の昼休み、バスケは火木土の昼休みでいいかな？」

「あー、こちらこそ。知らなかったとはいえ、失礼なこと言っちゃってごめんね。おけ、月水金ね。よろしくっ」

へーっ、素直なんだな。ボクの心の中に、はなちゃんは涼やかな笑顔で登録された。

「じゃぁ、唐澤君は火木土でいいかな？」

「ああ、バレーも付き合うよ。ボール拾い必要だろ？　それから、ライネつなげね？」

「あ、僕のスマホ、とんでもなく旧式だし、アプリとか入れたことないけど、いける？」

「大丈夫じゃね？」

「あ、私も混ぜてくださいね。練習もですよ」

「げっ、最新のスマホ。田中いらねーし」

「はなさん、そうおっしゃらず」

ふふっと、はなちゃんが微笑みながらスマホを出してきた。佐藤にアプリの入れ方を教えてあげてから、四人でふるふる登録していたら、ボクは久しぶりに楽しい気持ちになっていた。

本来のボクは、でしゃばるのはあまり得意じゃないけど、彼女と奴が二人きりというのはちょっと面白くないから、こんなふうに提案しちゃったのもこの際いいことにしよう。ん？　田中は余計か？　いやいや人畜無害だし、よしとしよう。

なんだか学校の方は楽しくなってきた。

「ねぇ、笙」

スポーツ部系女子は、あっという間に知り合いの男子を呼び捨てにするものだから、仕方ないにしても、名字でなくて名前の方だというのは、聞き捨てならない。名前を呼び捨てにするのは、弟や後輩のように目下に見ているか、身近で親しみを感じているかのどちらかに違いないのだから。

かく言うボクの方は、いまだ名字で呼び捨てだから、微妙に距離を感じてしまうじゃないか。ボクはそっぽを向いたまま、耳だけに意識を集中していた。

「今日の放課後、顧問の都合で急に部活ないんだ。後でネットを緩めておくなら使っていいって言われたけど、やる？」

「かまわんよ」

やけに親しそうな会話に、ちょっと焦りを禁じ得ない。ここはすかさず、乱入。

「あ、ボクも参加していい？　どのみちバレーの練習必要だし」

「あ、それはいいわ。大きいのが二人、セットプレーできたら、それだけで有利だもの」

「田中君、今日は家の手伝いの日だから無理かな？」

「家の手伝いって？」

「家業の手伝いをして、アルバイト代をもらっているみたいだよ」

「えーうらやましー。あー田中は教え甲斐がないけど、いないと何かサミシイ気もするし。ともかく、笙と唐澤はセットプレーにチャレンジねっ」

絵に描いたような運動音痴の田中はともかくも、佐藤の運動能力にもそれほど期待していないボクは、思わず奴の顔を見ると、本人も本人で、「せっとぷれー？　それは期待しすぎでしょー」という心の声が聞こえてきそうな微妙な表情をしていた。

「セッターの私の言う通りにすればできるから。じゃ、校庭の方のバレーコートに集合ってことで」

「らじゃぁ〜」

その返事はのどかすぎるだろうと思いつつ、こういう反応の奴をボクは嫌いじゃない。はなちゃんを挟んでライバルだというのは置いて、なんだか仲良くなれそうな気がしてきた。

そんな流れで一頻り汗をかくと、部活でもないしこれくらいにするかと、五時頃に切り上げ、ファストフード店に寄って、ルールやセットプレーの説明を受けることになった。

理屈抜きに楽しかった。気の置けない仲という古い言い回しは、こういう時に使うのだろう。

だけど、帰る段になって、ボクは今までしたことのない行動をとってしまった。はなちゃんを送り損ねて、佐藤と肩を、もとい自転車を並べて帰宅することになった。要は、はなちゃんがお店の近くのバス停を利用し、男二人が余った寸法である。

住んでいるところがあっちだこっちだと言い合ってみると、お互いかなり近所だってことが分かって、仕方なく自転車を並べて帰ることになった。本当は自転車で並列しちゃいけないのだろうけど、空いた道を行ったので、さして邪魔にはならないだろう。だって、そうしないとお喋りはできないから。

夕方の涼しい空気は頬に心地よく、楽しさの余韻もあってか、いつになくボクは雄弁になった。こんなふうに他人のプライベートに踏み込もうなどと、以前のボクなら考えも及ばなかったが、気が付くと口が開いていていた。

「佐藤は、一人暮らしだったよな。聞かれて不愉快な質問かもだから、答えなくてもいいけど、生活費とかどうしてんの？」

「唐澤君は、ご家族と？」

「ああ、ボク？　両親とボクの三人」

「そうなんだ。お父さん、お元気なんだ」

なぜ父のことだけ聞いたのか、その時は疑問にも思わなかったけれど、とにかくボクの質問には答えたくないのかなと思っていたら、割と平静な感じで続きがあった。

「この間のやりとりの通り、一人暮らしだよ。生活費は、祖父が残してくれたアパートの家賃収入と両親の生命保険を充てて、学費の方は奨学金を受けて、やりくりしてるよ。だから、成績が下がるとそれがもらえなくなっちゃうのもあって、部活はほどほどなんだ。ほかに知りたいことは？」

「ごめ、そんなに詳しく知りたいってことじゃなくて」

「うん？　単純な好奇心だろ。でもね、実のところ、そういうふうに僕自身に好奇心を抱いてくれる人は珍しいから、なるべく質問に答えたいなって思って」

酷いこと聞いてるよなと思うのと同時に、なぜか心が温かくなってきて、頭で考えているのとすごく違和感を覚えた。それで、やっぱり失礼かなとも思うけれど、素直に疑問をぶつけてみる気になった。

「あのさ、帰った時、誰も迎えてくれなくて、寂しくないのか?」

「そう思う? じゃ、家、寄ってみる?」

「え? いいの?」

待てよ。いいの? と返してみたものの、家を行き来する友達は、この年になってからはまだいない。ボクはどうしてそんな気になったのだろう。この際、どうやらはなちゃんは関係ないみたいだった。

「別にかまわんよ」

「お前、時々言葉が昭和くさいね」

「あ? そうかな? そうかも。知り合いが結構おじさんで、その人とよく喋るからかな。いけねっ、こんなこと言ったって知ったら、うるさそうだな」

「へー、年上の友人なの? 同世代は?」

「あんまりいない。この間僕の代わりに事情を説明してくれた田中君くらいだよ。そう言う唐澤君はたくさんいそうだね」

「いや、ボクだって部活の同級生だけだよ。家に招かれたのは中学卒業以来初めて」

「そんなもんなの？　小学校とか中学校とかの友達は？」

「やっぱバスケ部だったけど。ボクん家は家族の結束がすごく強くて、休日は家族で過ごすことが多かったし、友達とは平日に外で遊んでたし。家に来てもらったことは、何回かあることはあるけど、友達と家を行き来して遊ぶような濃密な関係だったことが、少なくてさ。大体、今時はさ、みんな家が狭いとかで、呼びたがらないもんな」

「そうなんだ。僕は家庭の事情のせいか、人が寄ってこなかったんだよね。あと、背が高いのも、何か一目置かれちゃう系で」

「それはボクも同じだよ。今は、英語のアンドーのせいで、変に親しまれちゃってるけどさ。特に毎朝？」

「あははっ、阿吽君達？」

「そうそう、ねーよな」

「うん、ねーな」

なんて会話をしてたら、佐藤の家らしきアパートにたどり着いた。三軒が三つ子のように並んだ小さなそれは、だいぶレトロな香り漂うアパートだけど、不潔さや手入れの悪さは感じない。高校生といえども大家さんとしてそれなりにやってるんだろうな。感心しつつも、初めてのお宅訪問に、ちょっぴり緊張していた。

「あ、待って、家に少し遅くなるとだけ、電話入れっから」

ちょうど、佐藤の携帯も鳴ってるように思えた。妙な音だけど、『せかはじ』の曲みたいだ。ま、音が妙なのは懐かしのすんごい分厚くて画面小さめのスマホだからかもしれない。

＊

やれやれ、やっとおいらの出番がやってきた。それにしても、最近の流行歌についていくのは、なかなか大変だ。ちゃんと『せかはじ』に聴こえたかしら。どういうわけか、おいらの声は普段霊とは無縁の人にも届いちゃったりするから、用心に越したことはない。すぐにスマホを持って、アパート北面の私道に出てくれた笙ちゃんに感謝。とりあえず、大事ないかな。

「もしもし」

――おいら――

「うん。どうしたの？　急に」

――ふん、昭和くさいおじさんで悪かったわね――

「なに、まずそこ？　僕は、昭和くさいおじさんとは言ってないよ」

――分かってるけどね、ぷう――

「拗《す》ねないの。昭和生まれなのは事実でしょ」

――どうせ、昭和のおじさんだよ。くすん……それはそれで。気が付いた？――

「うん、彼の肩ね」

――お父さんじゃないみたいだねぇ――

「家族三人暮らしって言ってたものね。でも、すんごく似てる」

――しかも若いわなあ――

「血筋かな？」

――あー多分、血筋だねぇ――

「問題ありそう？」

――ないなあ。今んとこ、何も感じなかったよ。だからね、笙ちゃんは、気にせず友情を温めることに専念すんだよ――

「えっ？」

——なぬっ？　こら、なんのために家に呼んだのさ？——

「肩に霊が、」

——違うでしょ。あん時みたいに急を要するようなのは別にして、何も言ってこない霊の相手をしたことなんてないじゃん。唐澤君に何か感じたんでしょ。それはね、お友達になってくださいのサインだよ——

「あっ」

鳩が豆鉄砲くらったような顔しちゃって、まー。それにしても、こらこら、キミはまだせぶんちーんの少年だよ。お悩み相談よりもっと大事なことがあるでしょ。恋や友情や、その年でしかできない経験をちゃんとしておかないと。おいらが永遠にキミのそばにいられるとは限らないんだからさ。いい友達をつくるんだよ。ついでに彼女もね。はなちゃんとは縁がなさそうだけどさ。

なんて口にはしなかったけど、感じてくれているといいな。

暫く耳に当ててはいたものの、シーンと無言になってしまったスマホをカバンにしまうと、笙ちゃんは諒平君の方に歩み寄って、頭をかきながら、ぽっと口を開いた。

「あのさ、ついでに飯食ってく？」

スマホ片手に、面倒くさそうにふんふん頷いていた諒平君は、

「あ、飯もいらねー」

と言うと、ぷっとスマホを切ってしまった。

――おいおい、お母さんがビックリしちゃうよ――

諒平君に向かって、聞こえないように小声でチャチャを入れつつ、どうやら彼も笙ちゃんと仲良くなろうという心積りであるらしいことに、おいらは安堵した。

さて、若い子達が友情を築いている間に、幽霊のおいらにはおいらしかやれないことがあるからね。こちらも交流しましょうかね。

――さてと、なんでそこにいるのかな？　質問に答えてくれるとありがたいんだけど。一応、素性から伺ってみましょうかね――

＊

地道にクラマチの練習を続けているうちに、ボクはあることに気が付いた。笙がかなり万能選手であることに。違うな、万能というより勘がよくて素直なんだ。

はなちゃんの指令にも、ボクとの練習での指示にも、割とすぐ反応して、できるようになる。教え甲斐があって楽しい。試合の勝敗とかレギュラー争い的な利害関係がないからとも言えるけど、何より笙の運動神経が、未開だっただけなんだろうな。多分田中が言っていたような理由で、スポーツ全般における絶対的な経験不足にすぎない感じだもの。

この際成長の望めない田中の実力には目を瞑って、クラマチがすごく楽しみになってきていた。ボクと同じように感じていたらしいはなちゃんが、笙を褒めた。

「何か思ったより早く様になってきたなぁ」

「同感！」

同意しつつ、はなちゃんは相変わらず明瞭で爽やかに響く声の持ち主だと思った。

「随分うまくなったよね。あんた、自分で思ってるより運動神経悪くないんじゃね？単なる練習不足みたいな感じだよ」

「うん、ボクもそう思うよ。バスケの方もかなりいけてるよ」

書　名					
お買上 書　店	都道 府県	市区 郡	書店名		書店
			ご購入日	年　月	日

本書をどこでお知りになりましたか?

1.書店店頭　2.知人にすすめられて　3.インターネット(サイト名　　　　)

4.DMハガキ　5.広告、記事を見て(新聞、雑誌名　　　　)

上の質問に関連して、ご購入の決め手となったのは?

1.タイトル　2.著者　3.内容　4.カバーデザイン　5.帯

その他ご自由にお書きください。

(　　　　)

本書についてのご意見、ご感想をお聞かせください。

①内容について

②カバー、タイトル、帯について

料金受取人払郵便

新宿局承認

3970

差出有効期間
2022年7月
31日まで

（切手不要）

郵便はがき

1 6 0-8 7 9 1

141

東京都新宿区新宿1－10－1

(株)文芸社

愛読者カード係 行

ふりがな お名前		明治 大正 昭和 平成 年生 歳	
ふりがな ご住所	□□□-□□□□		性別 男・女
お電話 番 号	（書籍ご注文の際に必要です）	ご職業	
E-mail			

ご購読雑誌（複数可）	ご購読新聞 新聞

最近読んでおもしろかった本や今後、とりあげてほしいテーマをお教えください。

ご自分の研究成果や経験、お考え等を出版してみたいというお気持ちはありますか。

ある　　ない　　内容・テーマ（　　　　　　　　　　　　）

現在完成した作品をお持ちですか。

ある　　ない　　ジャンル・原稿量（　　　　　　　　　　　　）

「あー、ありがとう。二人して持ち上げてくれるのは嬉しいけど、なんも出ないよ」

「「ビックセット！」」

二人同時に言うと、それがおかしく三人して大笑いになった。

「なんも出ないって言ったのに。仕方ねーな、寄ってく？」

という笙の返答にも同時に反応した。

「もちろん割り勘でＯＫだしっ」

「奢りは期待してねーし」

返答が同時なので、なにも言わなくてもお互いに気が合うと再認識してしまった。

今すぐは無理でも、はなちゃんに告りたい気持ちで、いっぱいになった。

笙はライバルなのか協力してくれるのか分からないけど、どうしようかな。だけど、今は三人で一緒にいることが楽しい気がする。あ、田中も入れると四人か。ともかく、ボクがはなちゃんと付き合ったりしたら、笙のヤツは、遠慮してしまうような気がするんだ。

それに、とボクは心の中で続けた。

問題なのは、笙とまだ仲良くなりきれてないということだけじゃない。自分の身辺が落ち着いてないのが気に入らないんだ。母さんとの仲が着地点を見つけるまでは逃げてる気がして、子どもっぽい自分には彼女をつくる資格がないように思えて情けないんだよね。

まじめに考え続けたせいで、ファストフード店へ行く道すがら、少し無口になってしまった。


クラマチは、中間試験の一週間ほど前の水、木と二日間に渡って開催された。結果は、特筆するほどのこともない。

背の高い二人の存在は、最初の時間帯こそ、十分に相手のプレーにプレッシャーをかけて邪魔する効果はあったけれど、そんなものは長続きしなくて、あっという間に横方向の動きが鈍いという弱点を突かれて、意味がなくなってしまった。

実際、バスケは、対戦相手に中学まではバスケ部という経験者が数人いて、素早いドリブルやパスでつないだ後、スリーポイントシュートをどんどん決められてしまった。当然、素人の笙は対応できず、ほかにカバーできるほどの実力者もなく負けてしまった。

バレーにしても、強いアタックには、ボクと笙のブロック連発のおかげでどうにかいい勝負になったけれど、フェイントのうまいのがいて、これまたじりじりと負けてしまった。

まぁ、仕方ねーな。急ごしらえ的な人選なのは否めないものな。ともかく練習の時も含めて『楽しかった』の一語に尽きるから、よしとしよう。

あ、あと、写真部の田中は、生粋の運動音痴だったものだから、バレーとサッカーに出場したものの、それは見事に空振りを連発して、いつの間にか『スカシの田中』と呼ばれるようになっていた。

「皆さん、それはイジメですか？」

などとあんまり丁寧に反論したものだから、妙に盛り上がってしまった。

「なんだよ、やたら丁寧に返されると、肩スカシくらった感じ～」

「田中ってお育ちいい感じ？」

「あ、私の中学では有名だったよ。高級レストランチェーンの跡取り息子だって」

「まじ？」

「それはまさにスカシタタナカなわけね」

「田中の綽名決定！『スカシ』」

「納得！」

そういうやりとりの間、にこにこ笑って聞いていた田中は、どうやら本当に上品なお育ちのようだった。なんとなくふっくらした頬がカワイイと、彼を取り巻いて、女子の間で人気が高まった。

そのカワイイポイントは、ボクには理解不能だ……。

それにしても、田中と笙とが仲良しというのは、不思議に感じられる。お坊ちゃまが本当なら、物質的には二人は対極にいることになる。部活が一緒というのだけでは、友情を育むまでには至らない場合もある。何がきっかけで仲良くなったのだろう。気になる。

うまい具合に、その疑問を解消するチャンスが、すぐにも訪れた。クラマチの打ち上げを、駅近のサイゼリエでやることになったのだが、最初に座ったところに、田中がほてほてとやってきて腰を下ろした。

「よー、スカシ、すげぇ人気者になっちゃったなぁ」

「それはですね、私には予想外の出来事でしたよ。まさか運動音痴やぽっちゃりが、女子のツボをくすぐる日が来るとは思いも寄りませんでしたからね」

「女子の考えることは理解不能だよ」

「ふふっ、普通は唐澤君や佐藤君のように、背が高くて運動神経がよかったり、勉強ができたりする人とか、実行委員の野上さんのように、精神的に大人とかリーダーシップのある人とかが、もてるものですからね」

「かもね。それにしても、名字でも名前でも、呼び捨てでいいよ。ボクもスカシって言っちゃってるし。それに、ボクはもてないよ」

「あ、呼び捨てをし合うことに慣れてないので、呼べなかったらすみません。チャレンジしてみます。本当は佐藤君にもそう言われているのですが、なかなか踏み切れなくて。それから、唐澤君は私からすると十分女の子にもてていますよ。ほらあのバレー部の」

「まいったな。はなちゃん？」

「そうそう、まだ付き合ってないのですか？」

「いや、まだ。奥手というか……恥ずかしくて告ってもいないよ」

「恥ずかしがることなどないですよ。自然なことですから。それより、本当は佐藤君が心配なのです」

「なんで？」

「佐藤君はまだ何も話してないみたいですね。なら私から言うべきことではないようです」

「自分で言うまで待てってこと？」

「どうでしょう？　彼は無口ですから。ただ、とても傷ついていて恋愛が難しいように見えるんです。根っから明るいはなちゃんなら、元気付けてくれそうでいいなぁと思ったのですが、唐澤君と気が合うようなので。男女の仲はなかなか難しいですね」

「ぷぷっ、男女の仲とか何気にそぐわねー台詞だな〜」

この話の内容は大チャンスなんじゃないのだろうか。ボクは聞いてみることにした。

「あのさ、スカシって、今のこともそうだけど、笙のことよく分かってるじゃん？　すごく親しい感じがするけど、なんかきっかけとかあったわけ？　少なくとも家庭環境とかは対極にある感じだから、普通にしてたら、仲良くなりそうにもない気がするけど」

「そうですね。今はとっても仲がいいですね。入部したての頃の佐藤君は、あんなに背が高いのに、全く目立たず空気のような存在でした。だから、そのままでいたら、確かに深入りしないままだったかもしれません」

「うん、確かに。控えめすぎて、ボクとも長いこと喋るようにならなかったな。ボクの第一印象、最悪だったと思うし」

ボクが初対面の回想をしているのを、にこにこしながら見ていた田中は、ちょっと言いにくそうに続けた。

「私もですが、写真部の面々は機材にお金をかけて、自慢し合うようなところがありますからね。そういう会話に入れない佐藤君は、アウトロー的な存在でしたよ。でも、新入生の初撮影会で、写真を見せ合った時に、ちょっとしたことがあって、私と佐藤君は近しい関係になったんです」

「ちょっとしたこと？」

「佐藤君は、ちょっと不思議なところがあるんです」

そう言って、田中は学生証の中から一葉の写真を取り出した。

「この写真がどうしたの？」

そう言わずにはおれないくらい普通の、極平凡な景色をとらえたものだった。

「ふーん、この手の写真が好きな人なら、なんであってもこじつけて見つけるものですが。唐澤君はあまり興味がないようですね。実は、ここに写り込んでいるものがあるのですが、分かります？」

「あれ？　人の顔みたい。って、もしかして心霊写真とかいうやつ？」

「私はその手のことにあまり詳しくなくて、本物かどうか判定はつきませんが、これはさすがに誰にでも分かりますよね。それで、心霊写真好きの女性の先輩が指摘して、ちょっとした騒ぎになったんです」

「そらまー、でも一枚だけだろ？」

「いえ、それがほとんど全部に」

「まじで？」

「はい、だけど却ってほとんど全部に同じ人が写り込むのってあまり聞いたことがないですよね。それで、心霊写真じゃなくて、一種の転写事故じゃないかという方向で、話は終わりました」

「なる。スカシが誘導したんだな」

「その通り、唐澤君は勘がいいですね。私は、みんなが写真に夢中になっている時に、たまたま佐藤君の表情を見ていたんです。そうしたら、苦笑いしていたんです。それで、写り込んでいる人は、佐藤君の亡くなった知り合いなんじゃないかと。しかも、本当はあまり皆に知られたくなかったのではないかと、思った次第です」

「で、どうなったの？」

「私が、写り込んでしまった人に迷惑でもかかったらいけないから、佐藤君にこれらの写真を処分して、データも削除して、新しく撮影して来たらと提案したんです」

「笙はどんな感じ？」

「その場では頷いただけでしたけど、後でお礼を言われました」

「え？　それだけ？」

「はい。でも、そのことがあってから、私と佐藤君は組んで部活動に励むことになったんです。撮った写真を先に見せてもらおうと思って。幸い誰も反対しなかったので」

「へー考えたたな。スカシが笙の撮った写真を、全部チェックしてんのか。その後も心霊写真が撮れたりしたの？」

「いいえ、その後はありません。ほかにも、佐藤君には不思議なところがあるように思えます。でも、私はそれが嫌ではないし、不幸な家庭環境を徐々に知ることになっても、そういうのを感じさせない彼をとても好ましく思っています」

田中が笙を好ましく思うようになった気持ちの変化は、よく分からなかったけれど、友達になるきっかけなんてそんなもんかもしれないと思った。

田中の話では、笙に心霊写真を撮影する能力があるらしいという曖昧なものだったけれど、一種の共犯的な関係があの二人の間にはあるんだなと思った。だからって、田中が笙に何か圧力をかけてるとか、上下関係を強要してるとかじゃなくて、秘密を共有することで親密になった感じかな。

この話を聞きながら、ボクは田中に好感を抱いていた。笙のことをすごく自然に受け入れていることが、うらやましかった。まだ、仲良くなって間もないけれど、ボクにもそんなふうに自然にできただろうか。そういう不思議な能力を、ボクならどう受け止めるだろう？

ヘンな能力だと気持ち悪く思うだろうか。

特殊能力だと持ち上げるだろうか。

どれでもないような気がしていると、質問された。

「唐澤君は、今の話で佐藤君のことをどう感じました？」

ほら、田中は観察力がある。ボクの表情の変化に気が付いた。

「うん、ボク自身も気になって考えてみたんだけど、全然気になんないみたいだよ」

「唐澤君、私達も気が合いそうですね」

「ふふっ、そうだね」

スポーツ部系のボクが、どうみてもぽっちゃり王子の田中と仲良くなるなんて事態が起きようなどとは、つい最前までは思ってもみなかった。けれど、どうやら笙を挟んで彼とも友情を育めそうな雰囲気だ。離れたところで、静かにストローをもてあそぶ笙を見ながら、なんだかニヤニヤと笑いが込み上げてきた。

「あのさ、今度一緒に笙ん家行かね？」

「それは、嬉しいお誘いですが、実は佐藤君自身からお誘いを受けたことはないんですよ。快諾してくれるでしょうか？」

「スカシのことだから、笙の生活費のことでも心配してんだろ？」

「あ、分かります？　唐澤君には既に私の行動の全てがバレバレのようですね。負担になるのは嫌なんです」

「そういうのはいらぬ心配だな。あいつ結構地道に節約生活してるよ。でも、気になるなら、料理の材料費はスカシ持ちな」

「そういうバーター的なお役目は大歓迎です。なら、次の機会にはぜひ誘ってくださいよ。ただし、家業の手伝いをしているのは事実ですので、ウエイターをやる日は、無理ですけどね」

うえいたー？　あまりにも田中に似合わない蝶ネクタイ姿を想像して、ボクは吹き出した。

その後、田中も誘おうと思っていながら、巧い口実というかきっかけがつかめないまま放置していたら、タイミングよく笙の方から翌日の土曜にどうかという誘いがあった。以心伝心、もちろん田中も一緒。


そして、土曜日の帰り際になって、笙が急に言い出した。

「あのさ、さすがに二人も招待するとなると、掃除や料理の下拵《ごしら》えなんかをしておきたいから、先に帰るよ。諒平、田中君の案内役を頼んでもいいか？」

「あ、しょ、しょ、笙太君」

何やら盛大に照れながら名前を呼ぶ田中のまあるいほっぺたは紅潮している。ボクは思わず吹き出しそうになりながらも、どうやら呼び捨てにするには、もう一段階必要らしいなと思った。

「あのですね、私は家の自動車に乗って行きます。そもそも自転車通学ではないから、りょ、りょ、諒平君と一緒は無理ですし」

「あ、そうか、ごめん」

頭をかきながら謝る笙も、どうやら田中の呼び方に気付いたようで、ボクの方をちらっと見た。

「そしてですね、料理の素材は私が家から持っていくので、心配しないでください」

「ああっ、レストランの御曹司の噂〜」

この間詳しく聞いたばかりで知ってるのに、何気にチャチャを入れてみたりして。

「えと、家がレストランなのはその通りなんですが、チェーン展開はしてませんし、御曹司と呼ばれるほどの売り上げでもないです。そこそこ売れてるレストランの息子というのが実態です。ちなみにイタリア料理中心の店です」

「なんだ、がっかり。マジで噂って当てになんないのな。でもさ、家に帰ればイタメシ食い放題とか？」

「諒平、欠食児童か？　それにお前だって家に帰れば手料理があるんじゃね？　うん？　でも、無料でレストランの料理が食べられるのなら、何かそれはうらやましいかな？」

「くすくす、さながら腹ペコ小僧の集まりですね。仕方ありません。父が作った料理は用意がないので次回ということで、今回はデザートをお任せあれ。あ、それと、笙太君には漫画もね」

「ありがとう、田中君」

「やったー、でざーとぉ〜。じゃ、ちゃっちゃとチャリで行ってるからね、後でねー」

「あ、ちなみに、私のことは昴でも、すーでも、もちろんスカシでもお好きなように呼んでくださいね。じゃ、後で」

そう言い残すと、スタスタ校門の方に行ってしまった。

「ほえー、スカシって昴ってしゃれた名前だったのね」

「うん？　スカシね。僕も付き合い長いのに、聞いたことがなかったな。親が星を好きなのかな？　あ、」

途中で何かに気付いたのか、キョロキョロと田中を探しているようだった。

「どした？」

「うん、料理の素材を指定すればよかったなと思って。でも、ま、いいや。カレーにするよ。したら、素材がなんであれ、どうにでも作りようがあるから」

「ホント、笙って主婦の鏡ですわ」

「まあ、今頃気付いたの？　って、この会話きもくね？」

「だはは っ、なんか楽しみでテンション上がってんだよね」

「うん、そだね。で！　急ぎ帰宅して掃除せねば。お前手伝えよ」

「ええー、それはご不満でい。見ててあげるからさ」

「ばかやろ、働かざる者食うべからず！」

「はぁい、シェフ様ぁ」

不平たらたら自転車置き場に行くと、もう笙は自転車にまたがっていて、ボクの顔を見ると即座に出発してしまった。

「おおい、置いていくなよー」

と言いつつ、ボクも発進。

気の置けない仲間がいるって本当にいいなと心底思った。

アパートに着くや否や掃除機を持たされたのはいいんだけど、実は家でもほとんど使ったことがない。それでもまぁいいやとモタモタしながら掃除機をセッティング。あんまりやる気も出なくて手がおろそかになっていると、そういう時に限って頭が働くものらしく、さっきの三人での会話を急に思い出し、疑問が口をついて出た。

「笙、そういえばさ、漫画ってなに？」

「諒平、手が止まってる」

「ふん、学校の掃除だってまじめにやったことなどごーざーせん」

「なら、これからはまじめにやれ。ほこりっぽい中で飯を食う気になれるお前が、信じられない」

「ボクってそういうお育ちなんだもんねー」

「それは育ちというよりスポーツ部系特有でね？　早弁ばっかだろ」

「うっ、痛いところを〜。確かにそうかもって、そもそも学校は仕方なくね？　掃除は、放課後なんだからさ、昼休みだって大して変わんなくね？」

「うー、まぁそうか。でも気持ちがいいし。昨日は急に思いついたから、家の用事で余裕がなくて準備できなかったし」

「えっ、じゃ、今までもちゃんとしてくれてたの？」

「ったりめーだ。諒平が、その日の夕方突然言わなければね。って、感激したふりして、手を止めるのはやめろって」

「あー、ばれちゃった？」

「もういいよ。外で自動車が止まる音がしたから、たな、あ、すば、ううん、まぁいいや、田中君来たんじゃね？　ドアを開けてあげて、荷物を運んでよ」

「うぃっす。スカシは後で綽名考えようぜ」

ふと、笙の視線を感じたような気がしたけれど、意識は既に田中に移っていた。そういえば、あれっ？　漫画のことも結局聞けてないな、後で二人に訊けばいいかと思い直した。

扉を開けたら、やっこらさやっこらさとスーパーの袋を三つ提げた男の人と、ケーキの箱を持った田中が見えた。

「あ、ボクが持ちます」

と言って袋を受け取るか取らないかというタイミングで、挨拶。

「息子がお招きに与《あずか》りまして。初めてだもんで」

あんまり深々と頭を下げるので固まっていたら、田中が一言。

「やめてよ、お父さん。そういうことは自分で言うから。もう帰っていいよ。店の支度の途中でしょ」

いつもにこやかな田中にしては珍しく、眉毛が寄ったような表情だ。

「それは母さんがやってくれている。ともかく、招いてくれた方にご挨拶するのは親としての筋だ。黙っていなさい」

「…………」

おっと、こんな時はフォローしなくちゃね。

「あ、待ってください。ここん家の主はボクではないんで。おおい、笙、来いよ」

「ああ、聞こえてる。初めまして。佐藤笙太です。いつも昴君にはお世話になっております。こちらこそこんなにたくさん食材を提供していただいて。ありがとうございます」

「仲良くしてやってください。こんなこと初めてで嬉しくてね」

というと、田中君のお父さんはハンチング帽を取って頭を下げた。

「おっ☆」と笙とボクはつい声が出た。お父さん、なかなかつるぴかの頭だったもんで。二人のちょっとびっくりした様子を見て、くすっと笑ったお父さんは、左手で頭をくるっとなでて帽子をかぶると、爽やかに自動車の方へと戻って行った。

「ほぇ～、かっけぇしスタイリッシュ～。お前のお父さんいい感じじゃね？　すっごくあったかい感じ」

「この前写真で見た諒平のお父さんも、スマートでかっこよかったよ。すごく懐が深い感じで、尊敬できる感じがしたよ。二人ともステキなお父さんがいていいね」

「口煩い父ですが、確かに人柄は温かいかもです。私達は、結構恵まれてますね」

あれ？　なんだか田中の返答は大人びてるな。変に卑屈でもなく嫌味でもなく。見た目がぽっちゃり王子だし、喋り方がお坊ちゃまだから侮《あなど》ってたけど、実際はどう？　と何かが心を騒《かす》めた。

「ともかくっ、家に入って夕飯の支度！　キミ達は、お手伝い！」

笙の号令で、ポーターと化したボク達はぞろぞろと家に入った。

意外に器用な田中は野菜の皮むきや炒め作業など、ボクより料理上級者のお手伝い。田中にはウエイター以外にも厨房の経験があるらしく、ボクは何しろ分が悪い。ゆえに、お皿やコップを出したり、福神漬けを器に移したり……小学生並みか？

何度も来てる割にお手伝いの内容に進歩がない。今度からもう少し我が家の家事を手伝って、田中並みにはなっておきたいな、などと考えている自分がおかしかった。

だって、笙と田中は一年の時から部活で交流があったわけで、いわば新参者のボクとの間にはないリズム感があったとしても当然だよな。それなのに、なんとなく負けたくないような感情が芽生えていていることが、不思議でならなかった。

「そういえば、さっきの質問が宙に浮いたまんまだ」

「質問ってなんだっけ？　あ、たな、う、す、昴、もう少し底から全体に混ぜるようにしてないと焦げちゃうよ」

「ほら、漫画」

「ああ、あれね。僕は毎週チャンプを買っているんだけど、たな、エーイもう呼び捨てにするからね。昴がジャックを買っているから、交換しているんだよ。週刊漫画って大抵一度読んだら捨てちゃうから、それならって」

「そうなんです。仲良くなって一緒に行動するようになったので、せっかくだからと趣味は何かとか話しているうちに、漫画好きが分かったんです。それで、読み続けている週刊漫画の話になって。すぐ処分するくらいなら、読み終わったら交換しようと話が進んだんです。そうしたらそれで浮いた分で別のものが買えるよねって。以来、ずっと交換しているんですよ」

ゆっくり言葉を選ぶように話す田中の話し方を、初めの頃は単におっとりした性格からくるものだと思っていたのだが、間近に聞くうちに、急にいろんなことが腑に落ちた。

ゆっくり話すのは、笙を傷つけないように言葉を選んでいるから。漫画を交換することにしたのは、多分田中からの提案で、お金を節約するというメリットを笙に提供するのに、笙のプライドを傷つけないようにしているから。そして、今日の食材提供も同じだ。家がレストランというのは隠れ蓑で、三人分の食費で笙の家計に負担をかけないためだ。

多分、写真に変な人が写った時のことだって同じだ。彼はさりげなく相手を思い遣れる成熟した精神の持ち主なんだ。

そんなふうに、極自然に笙を大切にして思い遣っている田中に比べると、自分がヒドク幼く感じられた。笙の家庭環境を知っていながら、思い遣ろうとしたことなど一度もなかった。

笙だってそうだ。『スカシ』って呼び方をあれだけクラスメイトがしていたら、ボクのように一緒になって呼んでもおかしくないのに、『田中君』と言うのをやめるのに、迷いなく『昴』を選んで呼んでいた。

それは、由来や意味合いはともかくも、そのへんの事情に詳しい仲間内ばかりと過ごすわけじゃないからだ。例えば、学校や家の外で会うなら、『スカシ』と呼ばれるぽっちゃり王子がどう見えるかということだ。友人三人の中で、一人名前でない呼ばれ方をしている人がいたら、対等でない印象になるということだ。

じっくり考えれば想定内のことばかりなのに、ボクは即断できなかった。

ボクは、こいつらと同等の友達でいたいと心底思った。そのためには、ボク自身がもっと思い遣りのある大人になりたいとも思った。

大人にならないといけない年齢なんだという実感が、急にボクを襲ってきた。ボクにはない筆との親しさがある田中に嫉妬する前に、ボクには考えないといけないことがたくさんある。あれもこれも。

もっとちゃんとしたい。もっと大きな人間になりたいと、そう思った。そうしたら母さんのことも見えてくるかもしれない。

とりあえず、今日は田中を昴と呼ぶことから始めよう。あれっ、そんなことからでいいの？　なんて考えていたら、台布巾を持つ手に力が入って、テーブルに水滴がポタポタ……

「諒平君、ちゃんと絞りました？」

「あ？　え？　うわっ、拭き直しだ～」

「水滴を拭きとったらそれで終わりでいいよ。カレーできたし」

「うわぁ、うまそう～」

ということで、しばし、欠食児童（？）達が腹を満たすのに忙しく、何か話すなら食後だな～と思いつつ、おかわりまでしていた。やっぱ、ボクって遠慮会釈がねークソガキだよ。がっくり……。

なんてボクの葛藤は置いておいて、すっかり満腹になって幸せな気分になった三人は、とりとめない話に興じていた。

「ああ、面白～。でも後片付けをしておかないと。僕は洗い物で一抜け」

「じゃぁ、笙太君がそれをやっている間、私はデザートを準備しますね」

た、じゃなくて昴は、リンゴなどの果物とケーキの箱をテーブルに置いた。

「諒平君、お皿やフォークをお願いします」

「おけ、それは簡単」

ケーキ皿や果物ナイフを持ってきてしまうと、ボクはすっかり手が空いてしまったので、田中じゃなかった昴にふと訊いてみたくなった。だって、昴の行為は、確かに大人の対応ではあるけれど、特に理由はなくてもそうできちゃうとしたら、神対応にもほどがあるし。

洗い物の音がじゃーじゃーと煩いから、多分笙には聞こえないだろう。なら、チャンスは今だけかな。

「あのさ、す、昴。あ、そういえば呼び方も決めないとな。と、それは笙が来てからで。ん、訊いてもいいか？」

訝《いぶか》しげにボクを見つつ、スルスルとリンゴの皮むきを続けながら、「昴でいいですよ。なんでしょう？」とまじめに答えた。

「なんで笙にはそうやって特別気を使ってるの？　ほかのヤツにはここまでしてないよね？　単に仲がよいだけじゃないように思えるけど」

「諒平君はやっぱり勘が鋭いです。私は平凡で小心者の人間ですから、ちゃんと理由がありますよ」

「それって聞いてもよい内容？」

「もちろん！　ただ、笙太君は恥ずかしがると思います。けど、彼の良さを感じられることでもあります。ところで、私の見た目は、他人の目に愛らしく映るか気持ち悪いと映るか、表裏一体の関係ですよね」

「表裏一体？」なんのこっちゃが率直な第一印象だった。

「だから、今のようにかわいがってもらえるのか、いじり倒したりいじめられたりするのか、紙一重なんです。最初の一言を誰がどう言うかにかかっているとも言えます」

「あーなる！　分かった気がする。特に、ボクみたいなスポーツ部系からいじられる体型だよな。絶対いじる奴がいそうだな。それが限度を過ぎればイジメだもんな」

「ええ、その通りです。私の場合、部活の部長さんの一言がよくなくて、厭な雰囲気になりかけたんです」

「そこへ笙が？」

「そうそう、ホントに鮮やかな一言だったんですよ」

「へぇ～。あんまりぺちゃくちゃ喋らないヤツの一言は効き目があるものな。どんなやりとりだったの？」

「ええと、部長さんが、ありがちな一言を罪悪感なく、投げてきたんです。ただ、それまで中学や何かで言われたことよりも、知性がある分痛烈に響いちゃってね。見るからにへこんじゃったんです。そうしたら、笙太君がさくっとね」

「つまり？」

「『君は、ゆるい体型だよね〜。セルフコントロールできない人間は、これから淘汰されるよ』って部長さんが……」

「えっ、それはかなりキツイな」

「そうでしょ。周囲にいた人まで一緒に暗い気分になっちゃいますよね。でもね、言った部長さんも、ちょっと自分でもびっくりしてる感じだったから、悪気はなかったんですよね、多分。そしてね、その時、『田中君。体質や生活環境も体型には関係しているし、成功している人もたくさんいるから、あまり気にしなくてもいいんじゃないかなぁ』って、すごくふんわり言ってくれて」

「なんか想像できるな〜」

「そうしたら、周りの人も『そうそう、コックさんとか体格いい人が多いよね』とか、『政治家も少なくないわね』とか、『芸能人でもそういうのを売りにしてる人もいるよな』

とかって言ってくれて。そういう流れで、キツイことを言ってしまった部長さんも『悪かったな。イジメとかそういうつもりじゃないから』って、その場で謝ってくれて」

「うんうん、分かるな。あのふわっとした言い方って、人のささくれだった心を優しくなでて穏やかにする効果があるのかもね」

「そうなんです」

そこまで話したところで、インスタントコーヒーやなんかをお盆に載せて、笙が台所からやってきた。

「なになに？　誰の話？」

『お前だよ』という台詞は二人とも心の内で呟いて、目が合ったのでぷっと小さく吹き出して笑った。

「なんだよ～なんだか、怪しいなー。それにしても、急速に妙に気が合ってきたみたいじゃね？　やっぱ、何か共通項を見つけでもしたの？　アニメの趣味とか？」って諒平が？」

「そういう方面で気が合ったわけではないですよ。いずれにせよ、笙太君が知らなかっただけです。少し前から私と諒平君は、なかなか息が合ってきているんですよ」

「あん？　息が合ってるって言っても、クラマチは息が全く合わなくて、さんざんだったけどな〜？」

「あ、それは言いっこなしです。私に運動神経を期待しないでくださいね」

「うーん。期待以前の問題だったような……」

「確かに、昴はウルトラ文化部系だよね。アキバ系とか言われたら、誰も疑わないよ」

「そこは否定できません。オタクではありませんが、アニメも漫画も大好きですから」

「『立派なオタクだ！』」

ボクと笙がぴったり同時に突っ込みを入れると、三人とも笑いが止まらなくなった。

以前のボクなら付き合わないタイプの人種だったような気がするけれど、ボクは昴の人格をすごく好きだと思えた。いつの間にか笙という媒介で、昴という友達も手にしたようだった。

＊

三人の楽しそうな会話をテレビの縁に腰かけて見ていたおいらは、諒平君の肩のヒトにうんうん何度も頷きながら言った。

――よしよし、いいぞ～。健全な高校生はこうでなくっちゃね。見ていて気持ちがいいもんね～。どこからどう見たって、いい子達じゃない？　そう思わない？――

返事はないけれど、そのヒトに話しかけながら、おいらはなんだか幸せな気持ちでいっぱいだった。

――ともかくね、あなたの気持ちはよく分かったよ。まー、どうにかして伝えるから任せてちょうだいね――

そう承諾の意を示すと、肩のヒトはようやくほっとしたように、でも少し寂し気に頷くと、ふっと消えた。それを見送ったおいらも、今のうちにもう一つの問題―美里ちゃん絡み―をどうにかするかと、こちらもまたふっと消えた。

残念ながら、友人との会話に夢中になっていた笙ちゃんが、二人の幽霊の動向に気付くことはなかった。

第二節　うちのクラスは浅草寺？

クラマチも終わり、学校は一応の静けさを取り戻したけれど、予測不能な女子からの注目のせいで、なんだか昴君は男子からの風当たりが厳しくなったような気がする。例の『スカシ』という呼び方にも時に棘を感じるらしく、人目を避けるべく、昼休みには、お弁当を食べ終わると校庭を散策しているようだった。

何気なくついてきたおいらは、昴君の視線をたどっていた。あまり気にする人もいない花壇の前で、紫陽花の固い緑の蕾の中に、ひとつふたつ淡い水色の花が開いているのに気付いてにっこりしている彼が、どんなに心優しい青年なのか見て取れた。

その爽やかな水色を目に、昴君はふと先ほどの一連の出来事を思い出したに違いない。笑いを含んだ目が泳いでいだ。

今や一緒にいるのが当たり前になった三人を見て、からかう級友が数人いた。

「よー、ボール外しの『スカシ』ちゃん、そいつらといると味噌っかすだな」

悪意というよりは、女子の注目度が上がった三人へのやっかみだったのだろう。大抵昴君のように攻撃しやすいところを突いてくるものだと分かっていたろうに、彼にしては珍しくちょっと嫌な気分になったのが顔に出た。すると、急に彼らの言葉を遮った人がいた。

「なーんか、『スカシ』って下品な感じでね？　せっかく阿吽君達といるんだからさ、もっとありがたげな綽名にしなよ」

かくも鮮やかにやっかみをぶっ飛ばす女は、やっぱりはなちゃんだった。『スカシ』をやたら強調していた男子達が二の句を継げず、廊下に出てしまった中、クラスは盛り上がった。

「布袋様は？」

「えー、それって体型的な？　悪意を感じるぅ」

「なんか上品に意地悪な感じじゃん」

「布袋様って、大黒天のことだっけ？」

「梵天かも？」

「えーそういう系なら、阿吽が守ってる浅草寺のご本尊だとぴったりじゃん？」

「お、ネット検索。聖観音菩薩だと」

「聖観音？　菩薩？」

「セイント観音さん？」

「なげーし、観音様？」

「二人に合わせて、観音君っしょ」

「おい、並べ！　オンスタに上げたる」

かくして『阿吽君＋観音君』となった三人の青春は、ありがたいクラスのご本尊として（？）すっかり煌いている？　ま、はなちゃんのおかげで、災い転じて福となった感は否めない。

やっかんでいたはずの男子達も、いつの間にか級友に便乗して「観音君」と呼んで喜んでいる。平和である。

周囲はともかく、三人がお互いを呼ぶのは呼び捨てで定着したようだった。昴君は生まれて初めて、友達を名前で呼び捨てることに成功して、口にするたびに照れている。

そんな様子を教室のエアコンの上から見ていたおいらは、笙ちゃんの周りには本当にいい子が多いと思った。そして、不思議とそういういい子達は、悪い子を悪い子にしてしまわないのではないかとも思うのであった。

　おいらがもしこういういい子の一人だったら、こんなふうにならなかっただろうかとも疑ってしまう。けれど、今は、多分優秀であることと人間的に成熟していることとが比例している稀な時代に違いない。だから、やっぱりあの頃のおいらが、笙ちゃん達のごときいい子であっても、同じ事態を招いたのではないかと思う。

　過去は変えられない。だからこそ今大切にしたい人々に、おいらの経験を生かしてもらえたらとも思う。そういうおいらの目の前で、笙ちゃん達の青春はキラキラしている。


「笙〜、今日寄って行ってもいい？　昴は駄目な日みたいだけどさ」

　もちろん、昼休みや放課後に一緒にスポーツに勤しむという行為も背中を押したのはあるだろうけれど、こういう関係になるきっかけは、あの時、笙ちゃんが家に招いたことだろうと思う。その後は、モチロン昴君も入れた三人だけど、一気に友情は深まり、互いに呼び捨て合う仲になった。

　特に諒平君は、笙ちゃんの家によく泊まるようになったのはいいとしても、お母さんとの折り合いが相変わらず今一つらしくて、家族話の中心は過去の思い出かお母さんの悪口。いいけどね。そういうのを聞いても、変に気を使われてないという気楽さからか、笙ちゃんてば逆に幸せを感じてるようだ。だから、多分今日も断らないはずだと思っていると、案の定、笙ちゃんのお返事は、明るい。

「あん？　かまわんよ。だけど、お母さんとかお父さんにちゃんと断れよ。一人息子の所在は知りたいでしょ」

「ライネは入れたよ」

「既読ついた？」

「うん、ん？　あれ、何か返信が」

「なんて？」

「家の猫が帰って来ないってさ。猫なんだから仕方ないんじゃね？」

「普段からすぐいなくなるの？」

「いや、飯の時間になると必ず帰ってくるな」

「そら、心配にもなるでしょ」

「それもそうか。でもま、急ぎじゃないみたいだな。前にも一度翌日の夕方に帰ってきたことがあるんだってさ。ま、帰宅してから、探すの協力してやっか」

「うん、そうした方がいいよ。じゃ、今日はどうする？」

「え、だめ？」

「いや、かまわんよ、でも」

「ああ、今日は泊まらないで帰るよ」

二人の会話を聞きながら、おいらはいいことを思いついた。

スマホを手に取ってもらいたいけど、きっかけがつかみにくいなと思っていると、タイミングよく、はなちゃんが話しかけてきた。

「なんか最近のアンタ達、妙に仲良しっ」

「なに？　はなちゃんもまざりたいの？　笙ん家に泊まる？」

「あっれぇ～お邪魔かな～？　あ、スマホぶるってる」

「笙！」

「なに、笙！」

二人同時の非難（？）の声に背を向けて、おいらと話すべくスマホ片手に廊下に出た。

――いろんな意味で、笙ちゃんってば、ナイスアシスト――

「なにが？」

――こっちのこと。んでさ、いいこと思いついたんだあ。諒平君の肩の霊がさ、無口がすぎるから詳細はまだインタビュー中だけど、諒平君の両親に会ってほしいって囁くのよ。だから、猫ちゃんの行方不明はナイスタイミングだと思ってさ――

「えー、知らなかった。そんな会話あったの？」

――うん、大抵三人で楽しくやってる時は暇だからさ、友好的にオハナシなぞしてたのよ。ま、おいらからばっかだけどね――

「へぇー、で、どういう関係かは分かったの？」

――うーん、まとまった論理的な会話は難しい幽霊さんみたいでさ、詳細は分かんない。なので、とりあえず、諒平君の両親に訊くしかないかなって思ってる――

「ふーん？　で、諒平の両親と猫はどうつながるの？」

――うん、アパートに諒平君が来たらさ、猫の話にもっていって、猫探しを手伝うってもちかけてよ。そしたら、彼の家に行かれるかもしれないじゃん――

「あ、なるほろ。それで親を紹介してもらう的な？　でもさ、もう帰巣本能に従っているかもよ」

――そこはおいらの力の見せ所でしょ。探して帰宅を遅らせるようにしてくるよ。だから、猫ちゃんの写真でもゲットしてちょ～だいね――

「んー、なんかよく分かんないけど、了解」

などと作戦ともいえぬ作戦が決まった後、笙ちゃんが教室に戻ると諒平君とはなちゃんはすごくいい雰囲気だ。

「お邪魔？」

「そんなことないって！　笙が戻って来るまで、間をもたせただけ。じゃぁ、あたしは帰るから。ばい」

とっとと退散してしまったはなちゃんだけど、おいらには、頬を染めて俯きがちに笑っているのが見えている。おやまあ、早晩告白タイムがあるにゃ。ちっ、つい猫っちまった。おいらのそういう視線をよそに、二人の会話は進んでいる。

「いいのか？　はなちゃん、帰っちゃったよ」

「そんなんじゃねーしっ」

「って顔じゃないよ」

「ううっ、分かった。認めるけど、笙がライバルなのも認めろよ」

「いや、それはないよ。僕は別口」

「え？　違うの？　よかった。って別口？」

「いつか話すけど今はそういう気分になれないから、聞かないで」

「うん？　分かった」

「だから、はなちゃんとのこと、協力するよ」

おいおい、笙ちゃん、そっちはこの際後にしてくれないかな。猫ちゃんのこと頼むよ。

「ま、いいや、とりあえず家に行こう」

『まいいや』ですと？　でも、いざ、動き出すと男子高校生の行動力は目覚ましい。二人とも高価なものじゃなくて、タウンサイクリング用の自転車なのに、見事な脚力で街を駆け抜けて行った。それを見送りながら、おいらは「若いなあ」と誰にも聞いてもらえない呟きを零《こぼ》すしかなかった。

――猫、猫、猫を知るにはまず諒平君家で確認しよ。写真の一枚くらい、どっかにあるでしょ～♪――

仕方がないので、歌いながらすっと消えた。

再度確認しておくけど、幽霊に住所の情報は必要ない。諒平君の意識をたどれば住んでいるところぐらいは、ぱっと分かっちゃう。って、誰に威張ってるんだろ。それこそ、まあいいや。ともかく急いで任務を遂行しなくちゃ。

おいらが家に戻ると、既に諒平君は帰宅していた。

――あれ、諒平君ってば、随分早くに帰ったんだね――

「うん、飯、作らずにファストフード買って帰ったから」

――スポーツマンが、そんなもんだけで、足りるのかなあ――

「あ、僕も同じことを思って聞いてみたよ。そしたら、帰宅してまだ腹が減ってたら、残飯を探すってさ」

――ははっ、なるほどね。ま、折り合いが悪いったって、お母さんを憎んでいるわけじゃない感じだものな。母親の作ったものを食べるのは抵抗ないんだな。いいことだよ――

「うん、そだね。で、猫ちゃんの方は？」

――猫ちゃんね。帰宅をもう少し伸ばすよう、お願いするまでもなかったよ。オス猫ちゃんでね、恋する彼女をゲットするまでは帰る気がないみたい。ライバルが何匹もいたから、二、三日は大丈夫だと思うよ。もし駄目ならおいらがなんとかするから。で、猫探しのことは？――

「うん、申し出た。そしたら、スマホに写真があるってもらったよ。ほらこれ。次の土曜日にでも連れて行く？」

旧式のスマホは画面が限りなく小さくて、それでも目いっぱい大きく映った茶トラの猫は、気持ちよさげに誰かの手でなでられていた。あれ、今より華奢だなと思いつつも、眉毛のあたりが白いし、靴下を履いたような足先という特徴が一致しているから、多分あの猫で間違いないなと、笙ちゃんの問いに答えた。

――うん、それがいいね――

「それにしても、何か諒平の両親に問題でもあるのかな？　会ってほしいとかって。重い病気とかだったらつらいな」

――そこまで長い会話にはなってないからなあ。真相はいまだ知れずだよ。いずれにしても、猫探しであちらの家族とお知り合いになれたら、謎も解けるかもね――

厭な感じの霊じゃないから、不愉快なことにはならないだろうなと思いつつ、前回かかわってしまったことが、やっぱり笙ちゃんにとってはすごくつらかったに違いない。笙ちゃんは、ぶつくさ不平の多いタイプじゃなくて、心に秘めるタイプだからな。おいらがちゃんと見ていてあげないと、生きてる人間じゃ、決して分かってくれないだろうし。

そんなふうに思う傍らで、だからこそ全てをカミングアウトしてなお、親しくできる友達や彼女が必要なんだよなと改めて考えた。諒平君と昴君のことが、よい機会になるような気がしていた。

さて、土曜日になると、猫ちゃんはあのまま同じところにいたので、諒平君家と笙ちゃん家のちょうど間くらいにある三角公園に、笙ちゃんを連れて行った。そこは遊具が少なくて草むらだらけの公園だから、夜になると結構猫が集まって来る猫だまりだった。

――思いを遂げたから多分素直に従ってくれるはずだよ――

笙ちゃんに、一個二百円もする缶詰の餌一口分を紙皿に置いてもらうと、待ってましたとばかりにがっついている。

「悪いけど残りは後でね」

笙ちゃんは優しく頭から背中にかけてなでながら猫を抱き上げると、猫用ケージがないのでスポーツバッグの中にバスタオルを敷いたものにひょいと入れた。パニクって暴れるかと思いきや、案外素直に中で大人しく丸くなってくれた。

これはおいらが猫ちゃんをうまく誘導できた結果、というか、実を言うと憑依していたんだけど、笙ちゃんには内緒だ。おいらだと知ったら、扱いが雑になるかも……多分そんなことにはならないだろうけど、なんとなく気恥ずかしいからねぇ。

ともかく、気の優しい笙ちゃんは、居心地がいいとも思えないし、ペットを扱いなれた人間でもないからと、猫ちゃん相手にお断りを入れたりしている。

「暫くの間、我慢してね」

そう囁いて、自転車の前カゴにそれを入れた。安定は悪いけれど、笙ちゃんには高くて手が出せなかったので、荷台を付けてないから仕方ない。

歩道は段差やでこぼこが多くて揺れるからと、なるべく車道を走って諒平君の家を目指した。笙ちゃんは準備がいい。事前に地図で道を確認していたし、パソコンから地図をプリントアウトしてあった。

　スマホ片手の運転は今や道交法違反だもの。おいらがさせやしないや。それにともかく、「紙モノはちょい見だけですぐ覚えられる」そうだから、地図も見ずに極めて快調に進み、十五分ほどで諒平君の家に到着した。

　いきなりピンポンはせずに、まず諒平君にスマホで在宅を確認しようとするあたりが、礼儀正しい笙ちゃんらしい。でも、今日は期末試験の一週間前で、部活はお休みだから予想通りなら家にいるはず。

　メールか電話かと、ちょっと迷っていると、ピンポンすらするまでもなく玄関扉がものすごい勢いで開いた。笙ちゃんはただただ驚いていただけだけど、来訪を待ちかねて聞き耳を立ててるほど楽しみにしてくれていたのかと、おいらはちょっと感動した。

「まじで見つけたんだ」

「うん、ちょっとした猫だまりをいくつか知ってたからね」

「うんうん、話は後々、ともかく上がって」

「チャリここでいい？」

　門扉に続く塀に添うように自転車を置いたのを、見たのか見ないのか、既に背を向けたまま、大声で言う。

「いい、いい、全然おっけー」

返事をしながら扉を開けると、バタバタと家の中に入ってしまった。

笙ちゃんはというと、そういう諒平君に戸惑いを感じつつも、自転車のキーをポケットに突っ込み、スポーツバッグをそっと持ち上げて肩に掛け、玄関を潜《くぐ》った。

両親の死後、ちょっと変わった能力があるせいで友達と普通の交流を持たずに成長してしまったので、笙ちゃんは人の家を訪問した時の勝手が分からないのだ。玄関を入ったところから、どうしたものか悩んでいるようだった。手招きする諒平君の方へ何も考えずについていくのがいいんだろうけど、彼の両親に悪印象を抱かれたくなくて、なるべくいい子の行動をとりたいと思っているのだろう。

――自然にしていて大丈夫だよ。お祖母ちゃんの躾が行き届いていたから、誰に恥じることもないよ――

そのままで大丈夫だと伝えてあげられるのはおいらだけだから、ほっとしている様子を見て、こんな時ばかりはそばで安心させてあげられる幽霊でよかったと思うのである。

笙ちゃんは肩に掛けたバッグをそっと持ち上げるようにしながら後ろ向きに靴を脱ぎ、踵を揃えて端に並べた。そうして、やっぱりそっとバッグを肩に掛け直して、室内の方に向き直ると、お母さんらしき女性と目が合って、ちょっとどきまぎしている。

彼女は、穏やかに微笑みながら挨拶した。

「いらっしゃい。とってもきちんとしているのね」

かなり好意的な感じで言われたので、おいらまでちょっぴりほっとした。第一段階はクリアしたようだった。それにしても、彼女の家を初訪問した息子を見ているような気分になるのは、おいらとしたことが緊張しすぎなんだろうか……彼女の家を訪問した経験は、笙ちゃんにはまだないけど。

「アレちゃん、あ、猫のことよ。もうカバンから出してもらって大丈夫よ。とっても優しく扱ってくれていて嬉しかったわ」

「あ、いえ、驚かせちゃいけないと思って」

口の中で呟くように返事をしながら、バッグのチャックを全開にしてから猫の全身を出すと、アレちゃんとやらは眠たげに見上げて立ち上がり、大欠伸《あくび》しながら背を丸め、流れるように背を反らして伸びをすると、いそいそと奥へ行ってしまった。

「アレちゃんっていうんですね」

「子猫のくせにやたら尊大な態度だったから、アレキサンダー大王でアレクって名付けたのよ。もう八歳。結構おじいちゃんでしょ？」

「ははっ、確かに貫禄ありますね。あ、そうだ、これ。捕まえる時に使った缶詰の残り、あげてもらってもいいですか？」

「まあ、いいのを使ってくれたのねー。アレちゃん、口がおごっちゃうかもね」

二人で立ち話をしている。意外とおばさんキラーな笙ちゃんだと感心していると、今度は男性の声がした。

「母さん、いつまで玄関に引き留めるつもりなのかな」

そう言って現れたのは、お父さんらしき中年だけどスレンダーなおじさんだった。

笙ちゃんの心臓が一気に跳ね上がったけれど、一瞬にして冷えたのが見て取れた。

諒平君と似ている割合を示すなら、限りなくゼロに近かったから。隔世遺伝かとも思ったけれど、例の肩のヒトが必死にゼスチャーで訴えているところを見ると、やはり何やら事情がありそうだ。

「お父さん」

呼びかける諒平君の声に、『へぇ、高校生の男子ってこんなふうにお父さんに甘えたりするんだな』という言葉が思い浮かんだ。おいらも笙ちゃんも未経験だものな。今は、お母さんとの関係が今一つみたいだけど、そうなる以前はきっとお母さんにも、こうやって甘えていたんだろうな。すごく平和な家庭ってこんな感じなんだと思うと、きっと笙ちゃんはちょっぴり寂しさが込み上げてきているに違いない。

笙ちゃんと目が合った。目に力が入って『平気』と口パクで伝えてきた。心配しているのに気付いたようだ。親の代わりにはなれないけれど、こんなおいらでも笙ちゃんの心の支えにはなっているんだと、嬉しくなった。

それにしても、素直に甘えているのを見ると、この霊絡みの事情について諒平君が知っているとは到底思えない。このヒトの望みは、それを彼に知らせることとなのだろうか。

何かヒントになるものがないだろうかと、笙ちゃんは目立たないようにキョロキョロしている。その視線の先に、お母さんの背中越しだけど、キッチンの壁面に霊とよく似た役者のポスターが見えた。ハングルと思しき文字があるところからすると韓流スターのようだ。いつも諒平君が愚痴っていたスターに違いない。

母親に反抗的な諒平君。

諒平君に似ている霊とそっくりな韓流スターにのめり込む母親。

おぼろげに全体像が見えてきたような気がした。笙ちゃんと目を合わせると、同じように感じたらしく、さりげなく台所に行って声をかけた。

「おばさん、あの、お水もらってもいいですか？　暑かったから喉が渇いちゃって。あれっ、このお鍋っていくらくらいするものなんですか？　僕、一人暮らしなんですが、今使っている鍋の持ち手がそろそろ取れそうなので買い替えたいんですが」

「くすっ、意外とお喋りなのね。それとも、緊張してるのかしら？」

「あはっ、緊張の方です」

「ふふっ、これはね、イタリア製なんだけど、それほど高くないわよ。ダイビーの定番品で三千円くらいだったかしら？　はい、お水。あ、氷いらなかったかしら？」

「十分です」とコップを受け取りながら、まるでついでに気が付いたように、ポスターに目をやった。

「あれっ、このポスターの人、なんだか諒平に似てますねー」

そう言うと、そっとお母さんと目を合わせた。できるだけまじめにそして心配そうに見下ろしていると、軽く俯いて考えるようにして、諒平君に提案した。

「ね。諒平、佐藤君にはいつも泊めてもらったりご馳走になったり、お世話になっているのよ。今日はアレも見つけてもらったんだもの、テストの後、我が家にご招待してもいいかしらね」

笙ちゃんの問いへの直截的な返事ではないし、唐突に思える台詞だけれど、もしかしたら事情らしきものを話せるような為人《ひととなり》なのか、招待して見極めようとしているのではないかと思えた。

諒平君の家族との団らんという和やかなやりとりの水面下で、そんな互いの腹を探るような母親と笙ちゃんの会話の意味を知ってか知らずか、当の諒平君は、能天気に、友達の訪問を楽しんでいるようだった。

猫のアレクを届けてくれたおかげで、笙ちゃんが『我が家』に泊まりに来てくれることになって、家がつまらない場所のように思えていたのに、何やらワクワクと楽しい気分で盛り上がっているように見えた。

アレクを届けた日は、ご招待を受けても、さすがにお互い準備はできていないし、テストの直前だし。ということで、実際にお泊まりすることにしたのは、期末テスト後の土曜日。試験休みだからということのようだ。

笙ちゃんは、せっかく朝からでもよいと言われたのに、最初から無遠慮なのもどうかと思うらしく、「昼過ぎに伺います」とお返事していた。こういう場合、申し出通りにする方が失礼じゃないのかもしれないけれど、おいらも未経験なので助言できない。

人によっては、子どもが遠慮するのは子どもらしくないと言って敬遠してしまうこともあるようだけど、一見高校生らしくない笙ちゃんがそのように行動することに、彼自身に抵抗があるようだった。ご両親と親しくなれたら、徐々に年相応になっていくだろうから、おいらはあまり心配していない。

そういうことで、午前中はまるまる空いているから、久々に美里ちゃんの見舞いに行くことにした。

いつでもOKのおいらはともかく、諒平君がちょくちょく泊まりに来るようになって以来、二人でのお見舞いはちょっと間隔が開くようになった。お義母さんにも頼まれていたのにと、反省しきり。今日は来客可能な時間の前から病室に入ろうと話し合った。

病室が大部屋だとお見舞いの時間に制約があったりするだろうけど、美里ちゃんは事情が事情なので、狭いながらも個室に入っている。

そのため、生身の笙ちゃんも比較的自由に出入りできる。早朝のこの時間は、回診の時だけちょっと避けていれば、ずっといたとしても誰も何も言わない。

おいらがちょっと入れ知恵しておいたので、笙ちゃんは病院の人から、彼女の親戚のように思われている。変態扱いされると困るというおいらの配慮なんだけど。どうしてもその所以《ゆえん》が気になる笙ちゃんは、看護の責任者に確認しようかとも思っているようだ。まあ、大丈夫、人見知りだから積極的に聞くことはないだろう。

期末テスト後、季節は一気に進んだので、真夏のような日差しの中を自転車で来ることになった。いくら自転車でも、暑いことに変わりはないから、涼しい病院に入ってもまだ汗が噴き出ていた。ハンカチで汗を拭きく、かなり前方不注意で歩いているので、人にぶつかりはしないかと、おいらは笙ちゃんのことばかり見ていた。

それが、病室に近づいた時のことだった。ふと病室の入り口付近に人の気配がして、二人して目をやると、霊体が二つ見えた。

一人は、美里ちゃんのお母さんだった。

もう一人は誰だろう。思い当たらないなあと、ぼんやり思っていたら、その人がおいら達の気配に振り向いた。

それは、美里ちゃんその人だった。だが、彼女にも影がなかった。

「えっ？　まさか、こんなに急に逝ってしまったのか？」

驚いた笙ちゃんは、二人の姿を横目にも見ず、緩い引き戸をすっと開くと中に飛び込んだ。その背中で、引き戸は自動扉のように静かに閉じていった。


ボクハ、イッタイ、ナニヲミテイルンダ？


いつものようにモニターのコードをあちこちつけられた彼女が、規則的な電子音の響く中、静かな呼吸音とともに眠っていた。

「一体どういうこと？」

そうおいらに問う笙ちゃんの目には、彼女自身を見下ろして、ベッド脇に佇む二人の姿が見えている。

『生霊』という言葉が、口からぽつりとこぼれた。そして、当然の問い……。

「キワさん、こんなことって？　美里は死にかけてるの？」

問い詰める瞳を、おいらときたら絶対あえて見ようともせずに、窓の外を眺めていた。答えるつもりが今はないという意思表示のつもりだ。

鼻先に覚えのある石鹸の香りが掠めたはずなのに、それを解明しようとも思わないくらい、笙ちゃんの頭はおいらに投げかけたい疑問でいっぱいになっているようだった。

衝撃的な場面を見てしまって動揺したまま、結局笙ちゃんは諒平君の家に行った。それはもちろん約束の時間に遅れてはいけないと思ったからだろうけど、おいらが全く目を合わせないようにしながらも、すごく厳しい表情で、少しの冗談も交えずに一気に言ったからでもあった。

――ちゃんと説明したいけど、今は難しいんだ。だけど、おいらが思うように事が順調に進めば自然と説明することになると思う。だから、もう少し我慢して――

こういう保留の仕方をしたことが、実は以前にも一度だけあった。写真でしか知らないご両親の霊について問われた時のことだった。いまだに保留にしたままだけど、説明が難しいことがあるのだろうと仕方なく待っている雰囲気だった。彼女のことも同じように問い詰めるのを躊躇《ためら》っているようだった。

知りたいし、そのままにしておきたくはないけれど、おいらが嘘つきじゃないことはよく知っている。多分その時がきたら、煩いくらい丁寧に説明するに違いないことを経験的に分かっている。単に答えを聞く側は受動的にならざるをえないからかもしれない。

腑に落ちていなくとも、笙ちゃんはそう自分に言い聞かせて、約束を守る方を優先したわけだ。解けない疑問に縛られて、憂鬱な気分に染められてしまいそうな一方で、友人宅での一泊という人生初の経験もまた心を占める割合が多くて、上がったり下がったり、なんとなく情緒不安定だ。

こんな笙ちゃんは、とても珍しい。

いずれにしろ、すごく楽しみにしていた諒平君宅宿泊のその時間がやってきた。高校生がお酒を担いで行くわけにもいかないので、二リットルの炭酸飲料と乾きものを二袋、コンビニで買って持っていった。おいらが好きなえびせんを買うように主張したのに、鼻であしらわれてしまった。いくら教えないからって、そんなお子ちゃまな対応って。ったく。

おいらに対してはそうでも、諒平君の家では、頭をかきながら大人ぶっている。

「すみません、気の利いたものじゃなくて。自分達の腹に収めるようなもので」

そう言うと、お母さんはくすりと笑って受け取った。

「いえいえ、キミ達にピッタリだし、このボトルを私が買ってくるのはつらいからありがたいわよ。三時のおやつにね」

『三時のおやつ』と聞いて。それまで無表情に近くなっていた笙ちゃんの顔に、自然と笑みがもれている。お祖母ちゃんが存命の頃、小学校から帰宅すると、手作りのおやつが用意してあったそうだ。

懐かしそうな気持ちが顔に出ている。

「懐かしいわよね？　小さい頃と違って時間を決めてのおやつは卒業しているでしょうから、多分久しぶりよね。手作りのモノも出すから、期待してね」

と言ってくれたので、笙ちゃんは何か胸が熱くなって、おいらに喋るように、気安く口を開いた。

「手作りですか？　嬉しいです。祖父母が亡くなって以来、自分以外の人の手作りのものは、食事も含めて久しぶりです」

「そうか、君は一人暮らしだったね。たくさん苦労しているのに、君はなんていうか精神的に落ち着いていて穏やかな大人だね。諒平は一人っ子だからわがままだろ？」

『しまった、お父さんに気を使わせてしまった』という表情で、若干焦り気味に笙ちゃんは言葉を続けた。

「僕自身が大人というより、周囲の大人がすごく優しく導いてくれているから、落ち着いていられるんです。それに、諒平をわがままだと思ったことはないです。むしろ変に気を使わないでくれて気が楽だし、なんだか兄弟みたいで嬉しいです」

「そうか、ありがとう。これからも仲良くしてやってくれるかい？」

「あのう、それは僕の方が……」

笙ちゃんが、そんなつもりじゃないのにと頭をかいていると、諒平君がすかさず、一言。

「父さん、笙が困っているじゃん。それに、心配ないよ。ボクだって人を見る目はあるよ」

「生意気言っちゃって。ねぇ、お父さん」

なんだかいい感じで話が進んでいるので、今朝のことはどうにか棚上げしてくれそうだ。おいらは、笙ちゃんがご機嫌じゃないと、寂しいんでい……。

それにしても、お母さんがポスターの人、もとい諒平君の肩のヒトについて話してくれるようになるには、どうやって信頼を得たらいいのだろう。そもそも子どもの友達に喋ってくれるような内容なんだろうか。

笙ちゃんは、首をかしげている。

それでも、まじめに考えていたらしいのは暫くの間で、気が付いたら、一緒にテレビを観たり、アルバムを見たり、風呂入ったりと、お宅宿泊を目いっぱい楽しんでいる。

そばで、おいらがやきもきしているのをよそに、本題はすっかりどこかへぶっ飛んでしまっていた。

楽しかった諒平君家でのお泊まりから、既に数日が過ぎていた。

結局、あの日はそれ以上ご両親と交流することなく終わってしまった。おいら達としては何か歯に物がはさまって取れないような状態で、すっきりしない。

「キワさん、なんか未消化な感じで、気持ち悪いよ」

――青春はぁ♪　未消化の連続ぅ～♪　更に未消化物が蓄積していくぅ♪　みんなそうだよぉ♪　仕方ないいんだよ～♪――

「昭和のポップス？」

――いや、ＢＹキワさん――

「それって話題を逸らしてる？」

――いやいや、笙ちゃん、青春が駆け抜ける勢いで、大人の世界は動かないのよ。普通の生活も、いろいろ同時進行で悩ましくもややこしいからねぇ――

「こーこー生は単純とか言いたい？」

――じゃなくて、考えたくても、考える暇が大人は少ないの。実際問題、普通の高校生よりもね――

「ながらで考えないのかな？」

――諒平君のお母さんにしたらね、家事やって家事やって突発的なことに対処して家事やって家事やって、合間に家事やって。まあ。暇そうに見える主婦業も、そう言われて頼まれごとも多いから忙しいのよ。そもそも主婦は『ながら』の天才なんだよ。

まあ、もう少しで動きがあると思うから待って――

主婦の経験もないのに、まるで分かっているようなおいらの表現に、家主という立場柄《がら》、主婦が暇とは思わない程度に家事に追われている上、家事が簡単とは少しも思えない笙ちゃんは、むっとして黙っている。すると、絶妙なタイミングでスマホが鳴動した。

――普段なら知らない番号は出なくてもいいと言うところだけど、こいつは出ないと話が始まらないよ――

おいらに促されて電話マークを押すと、耳に当てた。

「はい、もしもし？」

「あの、笙太くん？　諒平の母です」

「あ、はい」

「知らない番号で驚かせちゃったわね。ごめんね。お礼をしたいからって、諒平に無理矢理番号を聞いて……」

「えと、はい、あの～お礼はこちらこそです。ありがとうございました」

「え、いえいえ、お構いもしませんで……」

暫く会話が途切れてしまったので、仕方なくおいらは笙ちゃんをせっついた。

――ほれほれ、気を利かしてさ――

小鼻を膨らせて同意しながら、笙ちゃんは水を向けた。

「あの、本当は何か？」

「今日、諒平は部活の日なの」

「あ、知っています。僕は週一程度ですけど、彼は週五ですから」

「だからというわけじゃないけど、笙太くんにお願いがあるの。諒平に知られないように、お会いできないかしら？」

ん？　これは思いも寄らない展開だね。だけど、それはこちらにとっても好都合。いきなり幽霊話にはできないけれど、家庭の事情とかあれこれ訊けるかもしれない。

黙って目で合図をし合っていたら、更に続いた。

「もし嫌でなければ、笙太くんの家に伺ってもいいかしら？」

「あ、はい、」

ま、確かに外で、例えば喫茶店とかで会うのもヘンかもしれない。おいらだって想像するのも気恥ずかしい。電話越しに笙ちゃんが赤面したのが見えたら、もっと恥ずかしい思いをするかもしれないなと見ていたら、おやおや案外スムーズに返事をしている。

「あんまり広くないけど、どうぞ」

うむぅ、笙ちゃん家に女の人を招くのは初めてだぞ。女性ということに、おいらはちょっとドキドキしているけれど、笙ちゃんの受け止め方は少し違うようだ。

彼は母親を早くに亡くしたせいなのか、祖母に育てられたせいなのか、恋愛対象に特に年齢的な抵抗がないらしい。花音ちゃんはたまたま同級生だったけれど、それまで好意を抱きかけた女性は、図書館司書とか社会福祉士とか社会人が多い。

それでも、今回はそういう感情が湧いていないような感じだ。どうやら諒平君の母ちゃんはタイプじゃないみたいだ。完全に母親として認識しているのかもしれない。ま、友達の母親に恋するとか、漫画か？　いかんいかん、全くおいらとしたことがなんの妄想なんだか。大体、まだ忘れられない女性がいることを熟知しているはずなのに……。

ただ、女性を部屋に入れるのに、汚れているのは自尊心が許さないらしい。慌てて片付けたり掃除機をかけたりとバタバタしていると、アパートの外で自転車を停める音がした。笙ちゃんの部屋は一階だから、意外と道路の音が聞こえる。

ピンポンと同時にかなり明瞭に用件を伝える声が聞こえた。多分、高校生の一人部屋に母親らしき年齢の人間が訪ねることで、妙な噂が立たないように、大人の配慮ってもんなのだろうな。いい人だなあ。笙ちゃんを思い遣ってくれて、ありがたいな。

「ごめんください。いつもお邪魔してる諒平の母です」

せっかくの配慮だもの、ここは乗っかろうと、笙ちゃんも大きめの声にてお返事している。

「あ、オバサン。こんにちは。どうかしました？」

「いつもね、息子が泊めてもらっているから、お礼をと思って」

「かえってすみません。あの、よければどうぞ。散らかってるけど」

そうして上がってもらったものの、暫くは話すきっかけを見つけられずに無言が続いた。今日はお母さんの肩にあのヒトがいるけれど、何も言わないから、どうするかが決まらない。困っているようだから、おいらが耳元で囁いてちょっと手助けした。

——あのさ、お母さんね、笙ちゃんの人柄も知りたいみたいだけど、諒平君とどんな話をしているのかも知りたいみたいよ――」

納得したように頷く傍ら、あまり全部をばらしたら、友情にヒビが入るかもしれないというように、不安気においらをチラ見して、喋りかけた。

「あの、本当は何か？　諒平、お母さんのこと心配していたように思いますけど」

とは、さすが笙ちゃん、大家さんだけのことはある。そつがない。

「心配？　心配してくれてるの？」

「んー、心配というか。趣味の変化に、戸惑ってるというか」

「笙太くんは言い方が優しいのね。あの子、私の悪口を言っているんじゃしょ？　追っかけとか言って」

「えーと、まぁ、そんな感じ」

「もしかしたら、もう気付いているかもしれないけど、私と諒平はもう半年くらいうまくいってないの。私が悪いんだけど」

「悪態はついていますけど、憎んでる感じじゃないですよ」

「そ、そう？」

「僕は、幼い頃両親を事故で亡くしたので、親に対する反抗の仕方みたいなのはよく分かりませんけど、反抗的というよりも、大好きなんだけど理解できなくてもどかしい、みたいな感じですよ」

「憎んでも反抗でもない？」

「はい、具体的にアドバイスできるわけじゃないですけど、なんていうか、本音をもっとぶつけてみたらいいのにと思います」

うわあ笙ちゃんてば大人の発言。本当ならこんなにもっともらしい台詞を吐きたいんじゃないはずだ。肩のヒトについて血縁関係とか具体的に聞きたいところなのに、我慢して会話を続けている。おいらは、成長したなあと、しんみり感じ入っている。

お母さんの方も、一番の本題を隠したまま喋っているような雰囲気だった。そういう何か気まずいような雰囲気の中、突然笙ちゃんのスマホが鳴動した。表示は諒平君だ。焦ってうまく操作できず画面上で指が滑る。なんとか耳に当てると、彼の「行ってもいい？」という言葉が元気に響いてきた。

「えっ！　今日も？」

「部活が中止……今何を……」

「え？　僕は掃除中だよ。今学校か？　なら、かまわんよ」

あまりのタイミングにちょっとびっくりしたので、一つ深呼吸をしながら、ゆっくりスマホの電源を切った。

「あの、諒平からです。少し寄ってもいいかという連絡でした。断る理由もないのでいいと言いました。今学校なら、三十分くらいで着いてしまいます」

お母さんの目を見ながら言うと、彼女の方も、やっぱりちょっと慌てて身繕いしつつ紙袋を開けた。

「ま、大変。じゃあ今日は失礼するわ。あ、そうそう、これ夕食のおかずのおすそわけ。よかったら食べて」

「じゃ、諒平が来ない日にでも」

「ふふっ、そうして。でも、また伺ってもいいかしら」

「えと、かまいませんよ」

そう言ってお辞儀をし合ってから見送ったものの、笙ちゃんの目は、もっと遠くを見ているようだった。こんなふうで本当に肩のヒトの望みを叶えられるものなのか、疑問に感じているのだろう。

――笙ちゃん、千里の道も一歩からだよ。まずは、お母さんだけと喋れるようになったことを喜ぼうよ――

すると、窓を全開にして、女性の化粧っぽい香りを追い出しながら、答えた。

「やっぱ、こうじゃないよ。だって、僕は諒平とは友人でいたいんだから」

お母さんの訪問以来、二人で考えに考えた。そして、ともかく布石を一つずつ打っていこうと結論付けて、今日は笙ちゃんから諒平君を家に誘った。何しろ夏休みも間近なので、あまり間を空けたくない。

最近は大抵昴君も一緒なのだが、今回はプライバシーにかかわることだ。もし詳細が分かっても、諒平君自身の口から昴君に告げるべきだろう。昴君がウエイターの日を狙って、諒平君のみを誘うことにした。

いつものように、二人で自転車を飛ばして帰宅すると、一緒に洗面台で手を洗いながら、お喋りに余念がない。おいらと例の肩のヒトは、それを嬉しく見詰めている。

「うーん、今日も夕食が楽しみでさ。何にすんの？」

「毎度おなじみの和食だよ。ところで、諒平。お前、呉汁って食べたことある？」

「ごじら？」

「いや、ご、じ、る」

「いやぁ、聞いたことも食ったこともねーし」

「そうだよね。今の若い人は知らないよね」

「って、またぁ。昭和の人かっての」

「じゃなくてさ、僕の両親は結構小さい時に亡くなっちゃったから、育ててくれたのが、母方の祖父母なんだよ。だから、食事もね、ばぁちゃん流に言えばハイカラな洋食はめったになくって、大体和食系が多かったのね」

「そっか、そうなるよね。で、そのごじらが？」

「もう、呉汁！　ああ、今日和食にするからさ、それで味噌汁を呉汁にしようかなって」

「ふーん、分かんねーけど、お前の料理でまずいと思ったことねーもん。なんでもいいよ。んで、何か手伝う？」

「おー、それでね。手伝ってよと」

「んだよー、そういうことか。人使いあれーし」

「んじゃ、帰るー？」

「いやー、シェフ様ぁ、ここまで来てそれはないでしょー」

「じゃ、手を動かして。この擂り鉢にそこの袋入りの大豆の水煮を入れて」

「すりばちって何よ？　この筋のついたラーメン丼か？　んで水煮？」

「そうそう、擂り粉木はこっちの引き出しね」

「すりこぎぃ～♪ってどれかしらん」

「ばか、それはお玉。そのこん棒」

「こん棒って最初から言ってよ」

「擂り粉木！　もう知らなさすぎっ！」

「ふふふん、家では縦のものも横にもしませんよ～」

「なんだよ。結構古臭い言い回しじゃん。お前も昭和かっ」

「あ、ばーちゃんの真似」

「そーかー、しょっちゅう言われてるんだろ」

「図星っ、んで、これどうすんのよ」

「こう持ってごりごりと」

「えーめんどー」

「ふん、我が家は、働かざる者食うべからずじゃ」

「シェフ様〜」

二人でわーわー言いながらも、笙ちゃんの方は慣れた手付きで、お米を洗って炊飯器にセットしたり、薄切りの豚肉を、擦った生姜と醤油と味醂で作った漬け汁に漬け込んだりと、忙しく手を動かしている。豚肉を漬け込んだビニール袋に、千切りにした玉ねぎを入れたところで、ちょうど諒平君が大豆の水煮を擦り終わった。

「シェフ、大豆の仕上がりはこちらでよろしいか？」

「お、初めてにしては上々。それではお待ちかね、呉汁づくりを致しましょう。まず、アルミ製の行平鍋に水を二人分入れて沸騰させます」

「うおお、グラグラきたー」

「沸騰したら鰹節を一握りぱっと入れてひと煮たちで火を止めます。手付き笊で濾したら、擦り終わった大豆と里芋を入れ、火が通るのを待ちます」

「むむっ、柔らかくなぁれ〜」

「里芋に楊枝を刺して軽く通ったら、エノキ茸、お揚げ、小松菜と順に入れ、最後に、味噌を溶かし入れます。まったり美味しい呉汁の出来上がり〜」

「ひゃぁ。何度見てもいい手付きだな。まじ『キッチン笙』だよ」

「そう？　じゃぁ、調子に乗って豚肉の生姜焼き、いきまぁす」

部屋中にいい匂いが立ち込めて、二人ともお腹は爆発的にぐうぐう鳴っていた。『あー若いってお元気〜』とおいらは肩のヒトと目を合わせた。元気者達は、話は後々、まずはかっこめ〜と勢いづいて食事をし始めた。

「この呉汁って案外うまいのな。和食っていけるな。昴、今日はマジ残念だったなー。一緒の時また作ってくれよ」

「うん、そだね」

諒平君がおやっと首をひねるほど気のない返事で、昴君のことを何気にスルーしてしまった笙ちゃんは、そのまま続けた。

「あのな、僕は、ばぁちゃんが作ってくれたお味噌汁の中で呉汁が一番好きなんだよね。小学生の頃、そうばぁちゃんに言ったことがあるんだ」

さあ、ここからが今日の本題。うまく話を持っていけるだろうか。失敗すれば諒平君との仲も終わってしまうかもしれないと不安を抱く笙ちゃんの表情は、悲壮感満載だ。

「ばぁちゃんが言うにはね、僕のお母さんも、『お母ちゃんの呉汁が一番好き』って言ってたんだって。僕は、お母さんのことなんかこれっぽっちも覚えてないのにね。血のなせる業《わざ》かなってじぃちゃんも言ってた。顔のことは聞いたことがないけど、親子って不思議と似るもんなのな」

「そんなこと考えたこともなかったなぁ」

「そーいえば、お前、お父さんより冷蔵庫のスターの方が似てたもんな。そういう話、親としたことねーの？　僕なんか、小学生の頃は、祖父母に、しつこくどういうところが親に似てるか聞いてたみたいだけど」

あれあれ珍しく笙ちゃんが緊張して震えている。『大丈夫、腹に力を込めれば、震えも収まるよ』と囁く。

「そりゃ、笙はそういうもんかもだけどさ。でもなぁ、家は、ずっと一緒だし」

「全く。もっと親と話せよ。生きているのにもったいない」

じっと諒平君を観察していたけれど、笙ちゃんに対してイラついた様子はなく、ちょっと意識が飛んでいるような表情だった。

実際に例の肩のヒトとの関係が、すんなり明らかになることはないだろう。けれど、このことがきっかけで、親子の会話が戻ってきたら上々、そうでなくとも次のアクションを起こせそうな雰囲気になるだけでもうけモン。ということにしておこう。

笙ちゃん、そんなに心配しないでいいよ。きっと大丈夫だし、おいらも祈るからさ。

ああ、うまくいきますように……


おいら達がマジな祈りをささげていた時分、諒平君はというと、少しぼんやりしつつ笙ちゃんの言葉を反芻しているようだった。おいらは、祈りと同時に諒平君の肩に飛んだので、様子が分かる。

彼は、薄い意識のままいたらしく、気が付くと自転車のライトが、いきなり自宅の門扉をとらえて、ビックリしている。扉の外に置かれた大きな鉢植えには、毬状に満開になった遅咲きの紫陽花の花が薄紫色に浮かんでいる。

笙ちゃんの家に寄ると、どうしても帰宅時間が遅くなってしまうから、風呂に入った後も、お母さんと顔を合わせずに部屋に籠ってしまえた。最初の頃はそれが目的でもあったようだけれど、今日は珍しく台所で作業をしているのが目に入り、ふと、喋ってみる気になったようだ。

「母さん、今日笙ん家で呉汁ってての食った」

「ごじる？　聞いたことはあるけど」

　彼女は、自分の行動がかのスター中心になって以来、息子が直接話しかけてきたのは久しぶりだったからか、何か緊張しているような強張った表情で返事をしている。

　そんな態度に諒平君が気付く様子はない。

「どんなのだっけ？」

「味噌汁なんだけど、大豆の水煮を擦ったのをほかの具と入れたやつ」

「へー食べたことないわ。お母さんも食べてみたいな」

「おお、あいつ料理うまいよ」

「でも、すごく懐かしいお料理よね。多分」

「うん、亡くなった育てのお祖母ちゃんがよく作ってくれたって」

「そうなの？　今度来た時作り方を訊こうかしら。それともクックシートとかで調べた方が早いかしら」

「ああ、笙に訊いた方がいいよ。ああいうスマホのアプリに載っているのってうまいかどうか微妙じゃん。あいつ、多分教えるのもうまいよ。でも、擂り粉木？　とか、擂り鉢？　とか、要るみたいだよ」

「あるわよ、それくらい。胡麻和えとか白和えに使うもの」

「ふーん、あるんだ。知らなかった……んー、そんでね、なんかね、小さい時に亡くなったお母さんが好きな味噌汁なんだって。記憶もない時に亡くなったお母さんだから、好物なんて知らなかったのに、同じものが好きなんだって」

「そうなの？　亡くなられたお母さんと好物が同じなの？」

「ああ、そうらしいよ。お祖母ちゃんから聞いたんだって。不思議なことがあるもんだよね。親が何を好きかとか、そういうのボクは考えたこともないって言ったら、もっと親と喋れって怒られたよ」

「笙太くんって、本当に優しい子ね。一人なのにちっとも擦《す》れてなくて。しかも、言うことがなんだか大人びてるわ」

「んだからさ、もっと話してみようかと思ってさ」

「え？　何を今更。毎回笙太君の家で、朝まで喋ってるんで」

「そうじゃなくてっ！　母さんとだよ」

いつの間にか、舌が滑らかになっていた諒平君は、勢いづいてお母さんの言葉を切ると、投げつけるように告げた。聞いてるおいらも驚いた。

「え？　あ、ああそう、そうよ。もっと話そう。前みたいに」

「前みたいに？　それはどうかな。でも。ともかく一番気になってたこと聞くよ。母さんがこの韓流スターに興味を持ったのって、ボクに似てたから？」

「まあ、そんなところ。だから、怪我しないか死なないかって、次の話が気になって、心配で心配で」

「ドラマでしょうが」

「そうなんだけどね」

「それにしても、ファンミーティングとかはやりすぎじゃね？」

「ふふっ、確かにね、アイドルとかを愛でたこともないし、柄じゃないから最初はとっても恥ずかしかったのよ」

「父さんやボクにも知られたくない感じ？」

「そりゃぁねぇ。十代じゃあるまいしって止められるかもしれないと思ったしね」

「確かに。事前に知ってたらやめさせようとしたかも……」

「くすっ。でもね、案外年の近い人が多くてね、集まっては、美味しいものを食べて、スターにドキドキな気持ちを白状して、家族に対する愚痴とか言い合って、要はストレス解消してるのよ」

「なんだ、そういう系？」

「そ、諒平のことも相談したり、こき下ろしたりね」

「それで、こそこそと。まったく」

（なーんだ、恥ずかしかったんだ）と思うと、急に自分の対応が馬鹿〱しく無駄なことに思えたらしい諒平君は、盛大に溜め息をついた。

諒平君は、今の話に納得したようだったけれど、これでは『肩のヒト』の想いが入る余地がない。おいらは、もう少しお母さんを観察することにした。


一方、お母さんは、一人息子が自分の数々の行動に、それなりに納得してくれたようでほっとして見えた。

「だからって、すぐ以前のような関係に戻るとは思えないわよねぇ。それに、理屈に合わないと、やっぱり疑問を残してしまうかもしれないわよねぇ。まだ、終わってないってことよね……」

そう独り言ちると、それでも、少し改善されたらしきことを喜ぶように微笑んだ。

その傍ら、今度はつらそうに呟いた。

「諒平が、本当のことを知るようになるのも、そう遠い将来ではないのね。きっと」

胸が痛むように手で押さえた。暫くそうしていたが、ふと何かに思い当たったように、また呟いた。

「それにしても、笙太くん……彼は何かを知っているような気がするわ。『どうやって知ったの？』でいいのかしら。それとも、単純に『どうして知っているの？』なのかしら。近いうちに、なんとか彼に確認してみよう」

そして、それが殊更重要なことのように、買い物袋から手帳を取り出して、『笙太君』と書き込んだ。

そんな母子の様子を、冷蔵庫の上から並んで見ている小さな姿は、もちろん、おいらと肩のヒトだった。どうやら満足のいく展開だったようで、おいらに向かって、会釈すると消えた。

第三節　あれやこれや青天の霹靂？

諒平君のお母さんから、もう一度二人で会ってほしいという連絡が来た後、少し時間が経った。だけど、お母さんと二人で会っても、結局彼に伝える必要があるので、個別に会うというのは埒があかないだろう。諒平君と一緒に家に招待したらどうかと、おいらは提案した。

ここに住むようになって以来、これほど短期間に、昴君も含めて三人もの他人を招待することになるとはさすがに想像すらしていなかった。そういう傾向自体は、おいらの望むところでもあるけれど、その親なんて全く想定外だった。

いずれにしろ、招いたからには肩のヒトの希望を伝えないといけない。今回、回りくどい言い方はあまり意味がなさそうだ。きっと正面突破が一番いい。

金曜日の放課後だったので、生真面目にも、招いておきながらお茶とお菓子だけであることを、笙ちゃんは詫びた。それから、ふいに雄弁になったが、着地点が見えない内容に二人は困惑している。

「僕は、幼い時に交通事故で両親を亡くし、中学生の時には、育ててくれた祖父母も相次いで逝ってしまったので、祖父母が遺してくれたアパートの大家さんを生活の糧にして、こうして生きています。少しは現金の遺産もあったけど、全体に裕福な暮らしとはほど遠いから、こうして庭で家庭菜園をして、家計の援《たす》けにしています」

こんなふうに一気に言ったので。二人は一体何が始まったのかと、きょとんとしている。笙ちゃんてばその様子を見て、ちょっと腰が引けているが、『ええい、ままよ、なるようになれ』と続けた。

少し捨て鉢っぽいが大丈夫そうだ。

「僕がやってるのは、窓際の日当たりのよい一画には、種から植えたキュウリ。夏は簾《すだれ》になって日陰をつくるから、冷房を使う頻度が減るし、それで、電気代が浮くでしょ。それから、その足元には冷蔵庫で芽とか根が出ちゃったジャガイモとサツマイモを種イモとして植えてあります」

小さな菜園を、見える範囲で指差しながら、笙ちゃんの話は続く。

「そっちのプランターには、小葱の切り落とした根っこを捨てずに植えてあって。埋めた順に伸びてるでしょ。そして、浅いイチゴのパックには水栽培として、ニンジンの葉っぱの方の切り落とした部分とか、豆苗の切り落とした根っこの塊とかを入れてあります。どれも元気に育ってますよね」

「すげぇな」

諒平君のマジな感嘆は予想外だったけれど、キツネにつままれたような表情の二人に本題をぶつけないことには、肩のヒトの願いを叶えるのは難しい。頑張れ笙ちゃん。

「僕の知るある人は、このニンジンの水栽培で生えたような柔らかい葉の部分を、ニンジンスープに浮かべた料理が好きなんだそうです。作り方を聞いても、彼女が作るものなので知らないということでした」

諒平君のお母さんがはっと顔を上げると笙ちゃんを見据えて、次の言葉を待った。

「僕は、その人が長い間いつも愛する女性のそばにいて、彼女とその子どもが幸せかどうか、見守っているのを知っています」

すっかり息が乱れてしまったお母さんは、一度下を向くと、大きく息を吸って顔を上げた。

「笙太くんは……その人の名前を知っているの？　聞いてもいいかしら」

笙ちゃんはすっかり覚悟を決めて今日に臨んでいたので、間髪入れず返答した。

「小倉、創平さんです」

「！」

眉を顰《ひそ》めて僕とお母さんを順繰りに見る諒平君が、何かを言い出す前に、お母さんが口早に笙ちゃんに尋ねた。

「笙太くんには、笙太くんには、どんな人に見える？」

「そうですね、台所に貼ってあった韓国の役者さんの方が諒平より似ているようです」

『ボクじゃなくて、なんでその話題？』という諒平君の非難がましい視線は、この際気が付かないふりをして、笙ちゃんは真っすぐお母さんを見ていた。

「ああっ、笙太くんは気付いてしまったのね。いえ、教えられたのかしら？」

「そうですね、両方です。お母さんのご想像通り、僕には、あまり自慢はできませんが、特異な能力があります」

「なんだよ。特異な能力って。心霊写真を撮れるとかってやつ？」

蚊帳の外であるのが気に入らないらしい諒平君が口を挟んだが、笙ちゃんとお母さんの双方から無視された。

「何か伝えたいことがあるのね」

「はい、そろそろ知ってほしいと。そして彼のご両親に会わせてほしいそうです」

「ああ」

という溜め息のような返事をすると、部屋の隅に重ねてあった上着やらカバンやらを取って、いきなり帰り支度を始めた。

「せっかくお誘いいただいたけれど、今日はこれで失礼するわね。諒平、帰りますよ」

「なんだよ。どういうことだよ。説明を聞くまでボクは帰らない。笙、頼むよ」

「いや、今日は帰れ」

笙ちゃんの珍しくきつい口調の一言に、目をむく諒平君に、厳しい視線を向けるとお母さんは一声だけ告げた。

「家で、お父さんとちゃんと説明するから」

諒平君は渋々立ち上がると、拗ねたように笙ちゃんに挨拶もせず、お母さんの後を追って出て行ってしまった。

玄関の外に出て、二人の背中を見送っていたら、不意に、笙ちゃんが涙ぐんでいる。家の真ん前で誰もいないから、携帯を出してもらうまでもないかと、囁いた。

――どした？――

「キワさん、僕、失っちゃったかな？」

――心配しすぎだと思うけど、さすがにおいらにも心の中までは分からないよ。ただ、うまく言えないけど、諒平君はすごく笙ちゃんのことが好きだよ。はなちゃんの次かもしれないけど。だから、待ってみたら？――

「なんだよ、はなちゃんの次ってさ。でも、これでよかったと思いたいよ」

――友情よりも恋心でしょー、そこは。だから、むくれないの。それにね、きっと大丈夫だよ。うん、信じていいんだよ――

　友情にひびが入るかもしれないことよりも、友達の家族の幸せを望むような笙ちゃんが、おいらは大好きだよ。

　そんなふうに行動した割に、笙ちゃんは、自分じゃ諒平君の肩のヒトに入れ込む理由が分からなかったみたいだけど、おいらには分かっている。あれは、最も近しい血縁者を失ってしまった笙ちゃんが、手の届くところにいる人達が、傷つかないよう、守ろうとした挙句の感情移入だったと、おいらは思っている。

　だから、肩のヒトの頼みだからというよりも、初めての親友、諒平君の家族が傷ついて互いに憎み合ってしまわないように、手を貸したかったんだと思う。

*

さて、ボクと母は、笙のアパートを挨拶もそこそこに飛び出した後、早足に黙然と帰路についた。

「はあはあ、母さん、はあ、笙の言ったこと、ふう、ちゃんと説明してよ」

笙のアパートを出た時から続く、二人の間の重い空気に耐えかねて、息も切れ切れなのに、ボクは聞かずにおれなかった。

「黙って……帰ってから……お父さんに話して……どう説明するか……決めるから……それまで……待って」

息切れしている母の返事は、聞きづらいにもほどがあったが、到底納得のいくものではなかった。けれど、いつになく厳しい表情の母に、言葉を継ぐことができなかった。

見たこともないくらいの勢いで歩く母に、普段とは逆についていくのが精いっぱいの体で、バスに駆け込むと家に向かった。途中、母は父に電話していたようだが、腹立ちのあまり離れて立っていたせいで、会話は聞き取れなかった。しまったとは思ったけれど後の祭りだった。帰宅してから聞くしかない。

あれもそれも腹が立つ。

家に着くと、落ち着いた様子で父がフレーバーティーを淹れ、チョコレートのガレットを用意して待っていた。

長い夜に備えるように。

夏の宵特有の温《ぬる》い空気の中、汗だくで帰ってきたボク達には、室内の冷えた空気が心地よく、ボクは我知らず深呼吸すると、少しばかり落ち着いて両親を眺めることができるようになっていた。

両親は暫く見詰め合うと、どちらからともなく歩み寄って手を握り合った。

「諒介さん、どうします？」

「明日さん、行雲流水かなと思う」

その時、父の耳には、風のように何かが翳《かす》めたらしく、はっと顔を上げた。

「……墓参りか。そうか、その手があったか。諒平、毎年、母さんと父さんが十一月の中旬の土曜日に必ず二人で外出するのを知ってるだろ？」

「うん、どんなに連れて行ってってお願いしても、その日だけは高瀬の祖父ちゃん家でお留守番とかだったから、分かるよ」

「その日、父さん達は必ずお墓参りに行ってるんだ」

「お墓？　誰の？」

「それがこれから話すこととすごく関係があるんだよ」

父の目は果てしなく優しく哀しげだった。

母は、不意に立ち上がって台所に行くと、あのポスターを剥がして戻った。それを、目に涙を浮かべながら優しくなでて言った。

「この韓流スターにとっても似ていたのよ。小倉創平さんは……」

さっき聞いたばかりの名だと思って母に目をやると、言葉を継げずに俯いて、ただ何度もポスターをなでていた。それをじっと見守っていた父は静かに語り始めた。

「そのお墓に入っている人が小倉創平さんだ。そして、諒平には酷な事実ではあるが、その人は、お前の実のお父さんなんだ」

今まで考えたこともなかった、いや、本当は、父に似ていないことを、誰よりも気にしていたのはボクだった。いつももしかしてという思いがなかったわけではない。誰もが幼い頃にひどく叱られると『この家の子じゃないんだ』と思い詰めた経験があるだろうけれど、ボクは成長してからも『本当の父子ではないかもしれない』という思いにとらわれ続けた。

今思うと、事実を薄々感じ取っていたようにも思える。確実にそうではないと思える親の愛情を受けて、そんなことはないはずだという不確実な確信を前提にして、血縁はあると思い込もうとしていたように思う。

息を潜めてボクの表情を確かめるように、次の言葉を発しない父に、軽く頷いてみせた。父は瞳に安堵の色を浮かべると、それからは淀みなく、父と母の長く不思議な出逢いの物語を聞かせてくれた。

＊

ロードサービスの職員として赴いた事故現場での一幕だった。亡くなった男性の体をどけて、助手席の女性を救助しようとしたその時、女性の唇が微かに動いて、諒介の耳を突いた。

「アカチャン、タスケテ」

自由の利く右手が震えるように下腹部を庇っているのが見えた。諒介はすかさず振り向くと、少し離れて待機する救急隊員に向かって怒鳴った。

「救助中の女性、妊婦みたいだ！」

「おー、加害者から聞いている。産科ありの搬送先だ」

妊婦さんは事故のショックで、流産や早期出産などの危険がある。やはり搬送は急がねばなるまい。でも、慌てない。引っかかったりうまく出てこないこともままある。慌てるとかえって傷つけたり時間がかかったりする。救助は細心の注意を払って進めた。その甲斐あってか、手足に事故による裂傷などは見られたが、無事助け出すことができた。

満足のいく救助内容であったし、後日、母子ともに元気だったという報は受けたので、いつの間にか、記憶の片隅に、この事故のことは追いやられて、すっかり忘れていた。

そんなある日、彼らはやって来た。

「少し前の事故で、お忘れかもしれんが、娘が……娘と赤子を助けていただいたお礼に参った」

「娘と赤子？」

「ああっ」

異口同音に思い出したことを告げると、相棒の夕ケちゃんと目を合わせて頷き合った。

あの時の車の艶やかな赤と血の気の引いた白い貌の対比はひどく印象的だった。目を閉じていて顔の造作まで明確に認識できたわけではないのに、なぜかその印象は記憶に鮮やかだった。

「赤ちゃんも無事だったんすね〜」

という夕ケちゃんの声で我に返った。

「大きな怪我は見受けられませんでしたが、赤ちゃんはデリケートですから、どのような影響があるか分かりませんからね〜。二人で無事を祈ってたんすよ〜」

夕ケちゃんのおっとりした言い回しに、俯きがちに父親に寄り添うようにひっそりと立っていた女性の目から、つーっと涙が流れ落ちた。

「確かに無事でよかった。よかったのですがな、」

ああ、そうだった。手放しでは喜べないんだ。せっかく無事でも、運転していたお父さんが即死だった。思わず二人とも直立不動の姿勢となり、頭を下げていた。

「親としては、娘が助かったのは嬉しい。だが、どうにも不憫で……。ああ、申し訳ない。お礼に参ったのに」

そう言い止《さ》して声をつまらせた。その気配で、父親を気遣うように目を上げた女性と、諒介は目が合った。

一目惚れというのは、時も処も場合も全く配慮せずに襲ってくるものだとつくづく思う。諒介はそのまなざしから目が離せなくなった。そんな様子に気が付かないまま、女性の父親は続けた。

「小さいながらも会社を経営しております。贅沢なお礼は何もできませんが、何かの折にお役に立つことくらいはできるかもしれません。名刺をお渡ししておきますので、手助けが必要な時などはご連絡ください」

深々と頭を下げると、名刺を返そうとするこちらのわずかな動きを軽く牽制《けんせい》し、娘を促して立ち去ろうとした。

まさにその時、頭の奥になぜか『このままでは駄目だ』と響き、『彼女達を守らないと』という思いが溢れた。

「あのっ、お体の方は？」

自分でも驚くような大きな声で呼び止めていた。タケちゃんのビックリ眼《まなこ》が、一瞬でニヤニヤに入れ替わる。ええい、かまうものか、生まれて初めて気になってんだ。

大声をかけられた父娘の方も、ちょっと驚いたように振り返り、互いに顔を見合わせると、彼女は首をかしげた。

「あ、いや、赤ちゃん、順調かなと思って」

「ありがとうございます。おかげさまで、すくすくと育っております」

白い頬に、伏し目がちな瞼から長く艶やかなまつ毛が被さって、一種フランス人形のような無機質な感じを受けたが、次の瞬間開かれた瞳に、子どもを無事に産み育てようという明確な意志がほとばしった。

心臓を射抜かれた。

あの時は、本当に恥も外聞もなく思ったことを口にした。

「今度お宅にお電話してもいいでしょうか？　赤ちゃんのこと、聞かせてください」

普通、被救助者と救助隊員が個人的に関係を持つことを、会社は歓迎しない。菓子折くらいなら何も言われないが、高額な礼品などは受け取らないことを推奨しているくらいだから、ましてナンパなんか歓迎されるはずもないだろう。

だが、どうしたものか、この時の諒介には、なんの躊躇も遠慮もなかった。ただ、純粋に彼女との縁を終わらせたくないと思った。

「お父さん？」

「うん？　お前の思うようにしなさい。お父さんはかまわんよ」

「では、そういうことで」

そういうことでって、なんだか抽象的な返答だけど、積極的な否定ではないから、とりあえず電話の許しは出たということかなと解釈することにした。

そんなこんなで、諒介と明日生との交流は始まった。

後で聞いた話だけれど、好きにしなさいと言いながら、父親は帰宅すると即座に、会社と関係のある信用調査会社に諒介の身辺調査を依頼したらしい。さすがに経営者はぬかりがない。娘に変な人間を近づけるつもりはなかったようだ。調査結果を見たはずなのになんの牽制もなかったことを思えば、それはお眼鏡に適うものだったのだろう。

電話から始まったけれど、二回目に会った時にパソコン用のメアドを交換したので、会えない時はそれで会話を続けた。

そうして、彼女が産み月を迎えようという頃に、諒介は決心して、プロポーズした。熱い思いを抱く諒介と違って、初めの頃の明日生はひどく戸惑っていたそうだ。それでも、事故以来、諒介と何度か実際に会ってくれたし、メールもやりとりしてくれた。その過程で、大層好感の持てる男性であると思っていたそうだ。同時に、この出逢いが例えば普通のお見合いのようなものであったなら、多分躊躇なくお付き合いを始めていたに違いないとも感じていたらしい。

けれど、彼女にとってこの出逢いはあまりにも、普通ではなかった。人によってはドラマティックなどといって夢想するのかもしれないが、とてもそんな気分にはなれなかったという。当然だろう。

幸福の絶頂から叩き落とされたのである。

しかも、日に日に、彼女の体は変化していたのである。

こうした現実を都合よく忘れられるほど、割り切った考え方の持ち主でも﨟長《ろうた》けた人間でもなかった。だから、諒介の真剣なまなざしに触れるたびに、多分近々言葉にするであろうことを受け入れることはできないと思っていたそうだ。それは違うだろう、受け入れてよい理由がないと確信していたらしい。

それなのに、その口から別れの言葉を聞くことはなかった。あれから、ほぼ半年が経っていた。血圧も体温も高めの妊婦には、暑さが堪える夏に突入していた。

「明日さんは、」

いつでも諒介の言葉は低く柔らかく落ち着いているので、気分を逆撫でされたことはないと、今でも褒めてくれる。特に「明日さん」と呼ぶ時の声は、甘い響きで心を惹かれ、何かしらと耳を傾けたくなってしまうのだとか。それは亡くなった創平には抱かなかった感情であったと聞いた時には、胸が躍った。

「赤ちゃんのお父さんについて考えたことはありますか？」

別の言葉を想像していた彼女は、見事に期待を裏切られたせいで、うまく返答できなかっただけだったそうだが、その時の諒平には、口籠っている様子が答えにくいのだと思えた。

勝手に勘違いして、畳みかけた。

「それはそうですよね。お父さんになる予定の方が亡くなってまだ半年。そんなことを聞く方が酷ですね。でも、ご両親が協力してくださるとはいえ、親として明日さんは一人で赤ちゃんを育てるつもりですか？　赤ちゃんが一人親になってしまうことをどう思っていますか？　もしも、その、それでも一人で育てたいという意志が固いのであれば口出しすべきではないけど、お父さんもいた方がいいように思うのです」

聞きようによっては、一人親の子どもの育ちを否定しかねない発言だった。しかし、諒介の言葉には不思議と誠意があって、それの何が悪いのかという抵抗が彼女には湧き上がってはこなかったそうだ。

こんなふうに切り出された言葉を、もっと自分に対する愛のみで語られると思い込んではいた彼女は、一方で、心のどこかで諒介がこう言い出すのではないかと、まるで分かっていたかのようにも感じられた。それで、自分の心を呑み込んだまま黙りこくってしまったというのが、後日談で分かった。

そうして、長い沈黙の後、ぽつりぽつりと語り始めた。

「諒介さんとお逢いしてから、あの事故があったのが嘘のように楽しい時間を過ごすことができました。悲しみの海に沈み込んでしまおうとしていた私を、溺れないよう引き上げてくださいました」

　言葉を選ぶようにゆっくりゆっくり話す様子に、諒介はというと、見詰めたまま口を挟まずに聞いているしかなかった。

「お話をすればするほど、どうしてもっと以前に出逢わなかったのかと思うくらい趣味や感性が合って、とても気楽で気の合う関係を築くことができました。ただ、これが恋かと聞かれると、よく分からなくなってしまうんです。少なくとも、創平さんに、赤ちゃんのお父さんに感じたような高鳴る気持ちとは違うように感じるんです」

　答えを予想できるようなできないような回答に、諒介は期待と不安とで言葉が出なかったのか、それともただ固唾《かたず》を呑んで続きを待っていたのか、自分でもよく分からないまま、やはり言葉を挟まずに、ただただ頷きながら聞いていた。

「ですから、諒介さんが初めからこういう申し出をなさるつもりで私と交際してくださっていると、そう分かっていて、このままお付き合いを続けるべきかどうか悩みながらも、楽しくて嬉しくて、寂しさを感じることもなくて。何より幸せな気持ちになれたものですから、本当ならお断りするのが筋だと分かっていながら、お会いし続けてしまいました」

ああ、やっぱりなと思った色が一瞬表情に浮かんでしまったかもしれないが、すっと気を引き締めると、諒介は力強く尋ねた。

「それでは、やっぱり私では駄目ですか？」

「あの、いえ、そうではなくて。今すぐお断りしてお会いするのをやめてしまうと考えると、とても胸が痛むのです。恋ではないだろうと理性的には考えているのですが、今お返事してしまう気持ちにもなれないのです。とってもわがままですね」

「いや、私にはそうは思えないですよ」

「その言葉に、そのお気持ちに甘えてもいいでしょうか？」

「もちろんです」

「一カ月、いえそれじゃ遅いですね。二週間いえ一週間、待っていただけますか？　暫くお会いしないで、ゆっくり自分の気持ちを確かめてみたいんです」

明日生をまるごと引き受けるつもりでいる諒介にとって、難関はその気持ちだけであったから、大きく頷いて同意した。

できれば、自分の思うような結果になってほしいものだが、彼女が幸せでない気持ちになるのならば、この縁を無理強いすることは望ましくない。そう考え、時の流れに結論を委ねることに決めてその日は別れた。ただ、彼女の言葉に微かな希望の光を胸に灯して、諒介の足取りが重くなることはなかった。

一週間、待つのはつらいような楽しみなような、消化不良が続いているようで、何を食べても紙をかんでいるようで。こんなにも落ち着かないのは、大学受験の結果を待つ日々とも就職の内定をもらうまでの日々とも、比べものにならなかった。

その日の早朝に、世田谷にある砧公園にほど近い用賀駅での待ち合わせを告げる電話があった。一度出社してシフトを交代してもらわないといけないと、電話を切った。

出社してみると、車同士が擦れる程度の追突事故があった。電気系統の故障で、扉に不具合が生じて開かなくなった車両から運転手を助け出すために、出動しなくてはいけなかった。タケちゃんの同意も得たので、短時間で済みそうなこの案件は対応することにした。

ゆえに、午後のシフトを交代してもらうと、明日生には、午後の時間を指定する連絡を入れ、出動後に会いに行った。

待ち合わせの場所に向かう道すがら、首筋をジリジリと焼く強い日差しにも、自分の発する汗にも気が付かず、上の空で飛ぶように歩いた。

ひどく緊張して強張った表情の彼女に、答えの予想がついたように思えた。彼女もきっとツライだろうと思えて、頭の中では慰めの言葉がいくつもいくつも浮かんではは消えたのに、唇が動くことはなかった。沈黙に耐えられなくなって、声を出そうとしたその時、

「あっ」

小さく彼女が叫んだ。目が合った。

「ああ、そうね。そうだわね」

あんなに難しい顔をしていたのに、急に頬を染めて少し興奮気味に話し始めた。

「私、迷っていたんです。それでも道義に従えば、お別れすべきだと、さっきまでそうお答えすべきだと思っていました。なのに、言葉が出てこなくて。それで、心の中で赤ちゃんに訊いたんです。『お断りしなくちゃいけないよね』って。そしたら、この子がダメって」

よく分からない諒介が、不審そうに瞬きすると、

「ごめんなさい。突然。あの、『お別れします』って咽喉まで言葉が出かかった時、この子の声が聞こえたんです。『ダメ』って。そして、今までにないくらいきつくお

腹を蹴ったんです。きっと赤ちゃんが諒介さんをお父さんにしたいんだと思います。だから、私、別れません。諒介さんと結婚します」

その論理の飛躍にはついていけないけれど、結果オーライ。飛び込んできた明日生を受け止めるのに精いっぱいになって、理屈も何もぶっ飛んでしまった。

こうして今の私達がある。

＊

「長くなったけど、分かってくれたかな？」

「結論を言えば、ボクは、母さんとその人の子どもなんだね〜。だから、父さんとは似てなかったのかぁ」

「ええ、血縁からすると、お父さんに似てなくても仕方ないのよね」

「血縁がなくてもこの役者さんとはそっくりなんでしょ？　だったら、やっぱしボクにとっての父さんは父さんしかいないかな〜」

父と母は顔を見合わせて、微笑んだ。

血縁に関する両親の告白は、たとえ薄々感じていたにしても、事実だとダメ押しした意味でボクに衝撃を与えた。与えはしたけれど、なぜか悲しいとか親を残酷だとは思わなかった。ただ、多くの謎が解けた爽快感があった。

ふっきれたようにさばさばと母が言った

「今年のお参り、三人で行けそうね」

「うん、胸のつかえが取れたような気がするな。諒平はどんな気分？　まだ、お墓参りは考えられないか？」

「なんか変な感じ。実感が湧かないっていうか。うーん、別にお墓参りは行ってもいいけど、まだついていくだけって感じかな」

「慌てなくてもいいの。ただね、」

「ただ、なに？」

「彼がいなくては、諒平もいなかったってことかな？」

「ええそう。そして、もうこっそり創平さんの代わりに、役者さんを見たりしなくなりそうだわ」

「とか言いながらファンミーティングとかにはまた行くんでしょ？　そいで女子会と

か言って騒ぐんでしょ？」

「まあっ、言ってくれるじゃないの。んふっ、バレバレだわねぇ」

「くすっ、図星なのか？　今度はお父さんも行ってみたいな」

「あら、それはいいわね。諒平もくる？　おばさま達から、似てるってモテモテになること間違いないわよ」

「うへー、ご遠慮申し上げますぅ」

元の仲を取り戻したように軽口をたたく三人ににっこりすると、創平の霊はふぅっと消えた。残念なことにそのことに気付く者はいなかったけれど。ただ、不意に風が吹いたように感じた三人は、キョロキョロと見回して、頷き合った。

「小倉さ、あ、生みのお父さん、今ここにいるのかな？　笙には見えてたのかな？」

「そうだな。彼には人に見えないモノが見えるんだな」

「お母さんにも見えたらいいのに」

「それは、お父さんは反対だな～。お母さんには目の毒だと思うんだけどな～」

ちょっと拗ねたような口調の父さんが妙に新鮮だ。こんなにも衝撃的な事実の告白があったにもかかわらず、ボク達が、すごく穏やかな気持ちでいられるのはどうしてだろう。笙のおかげかな？　今度確かめてみよう。

　それにしても、笙に見えていたそのヒトは、今どうしているんだろうか。

「その、生みのお父さん、天国に行けたかな？」

「父さんは霊感がないし、あの世とかこの世とかの違いも分からないから、それについては何も答えられないよ。でも、少なくとも、これからは、小倉のお祖父ちゃんやお祖母ちゃんにも、いつでも会わせてあげられるしな。あとは、諒平が立派な大人になるだけだものな。天国にはどうか分からないけど、きっと安心はしてくれたんじゃないかと思うよ」

「私、彼の写真に報告しなくちゃ。そうだ諒介さん、こうなったら小さいお仏壇みたいなのをどこかに置いてもいいかもしれないわ」

「それはいいな。分骨を頼んでみるか」

「ああ、それにしても、こんなふうに自然と会話できるようになるなんて、ホント笙太くんのおかげね」

「そうだな。また泊まりに来てもらえよ」

「うん、今すぐ喋りたい。全部言いたい。すごく会いたい……」

今度会ったらなんて言おう。きっとすごく心配してくれているに違いない。さっきは母に言われるまま、ろくに言葉も交わさずに出て来てしまった。「今日は帰れ」と言った時のあいつの顔を思い出すと、胸が痛くなる。

「やっぱ今すぐ行って来ようかな」

「こら、今何時だと思ってるんだ。もう夜が明けるぞ」

「まあ、こんな時間！　みんな少し仮眠をとった方がいいわね。笙太くんの家に行くのはまたの機会でいいんじゃないかしら？」

「それもそっか。学校でも会うし」

唐澤家の一夜は、穏やかな朝日に照らされて、明けたようだった。

＊

一方、彼らがどうなったのか気になってよく眠れなかったらしい笙ちゃんは、まんじりともせずに土曜の朝を迎えた。気を揉むしかできない立場なので、なんとか落ち着かない気持ちと折り合いをつけるしかない。

それもあって、こちらも頭から離れてない事実を確かめないと気が済まないので、美里ちゃんのお見舞いに連れ立って来ている。

それは、笙ちゃんがあの時目にした霊体は、先行きの不安を増長させたからだ。それで、こまめに確認しないと知らぬ間にどうにもならない事態に陥りそうで、とても怖いと思っているようだ。おいらには隠しておかないといけないことがたくさんあって、何もフォローしていないから、余計かな。

「今日はいませんように」という呟きは、見事に打ち砕かれた。後ろ手に静かに閉まる引き戸の音だけが妙に響く。笙ちゃんは声もなく、この前と同じところに佇む二人の姿に溜め息をついた。

おいらはというと、すーっと二人に向き合った。

――これぞ三者鼎立だな――

場違いなことこの上ない一言に、おいらをちらっと見て、ふと微笑むと二人はかき消えた。来たことに安心したのだろうか。

「はぁ？　それはどういう意味なの？」

――あん？　三つの勢力が鼎《かなえ》の三本足のごとく並び立って対立することだよ。鼎ってのは一種の器だな。四文字熟語ね——

「勢力ってなんだよ？　霊が三人立ってたってだけでしょ。美里はどういうことか分からないけどさ」

　おいらのおとぼけ顔をにらみながら、笙ちゃんは何やら思い返しているようだ。

（この間も、お茶も飲まずに帰宅した諒平達の背中を見送っている時に、『彼らも間もなく畢竟寂滅《ひっきょうじゃくめつ》』とかなんとか。結構ちゃんと調べないと分からないような難しい熟語だったぞ。本当に一体何歳なんだか。いくら昭和の人間だといっても、キワさんが死んだのって十七、八の頃のはず。普通の十代が知っているとも思えない難語だよ。仏教用語だもの、さすがに、生前から知っていたとは考えにくいよな。ちょっと言及してみるか？）

　おいらをジロジロ見ながら何やら考えた末、思ったことを口にした。

「あのさ、キワさん。前から聞きたかったんだけどね、キワさんて、ほかの幽霊とは明らかに違うところがあるよね。僕が知る限り、生前の記憶に留まっている人ばかりのような気がするのに、キワさんだけは、新しい情報をものにすることができてるじゃない？　ほかの幽霊とどう違うの」

――うーん、今絶対知りたい？　――

「すぐってわけじゃないけど……」

知りたい気満々の笙ちゃんの顔を見ても、答える気がないおいらは、なんとか納得してもらおうと苦しい言い訳を試みた。

――それはすごく説明が難しいんだよね。いずれきちんと説明したいけど、今は無理かな。手順を要するというか、順番に事実を積み重ねないといけないというか。ただね、早晩知ることになりそうな気はしてる――

何やらものすごい秘密がありそうな言い方をしているが、本当は笙ちゃんにもなんとなく想像できているのではないかと感じている。そう思わせる質問が続いた。

「あの美里の霊を見た時から、すごく引っかかって」

――うん、ま、近いかな――

「え？　近いの？　って、キワさんが亡くなったのって昭和五十年代とかじゃないの？　え？　どういうこと？」

――まったくもー、ちゃんと手順を踏むから、待ってよ――

おいらの相変わらずの返事を聞いて、笙ちゃんはそっぽを向いてブツブツ小さく呟いているが、おいらには丸聞こえだ。

「もはや人智を越して、理解不能だよ。一体全体どういうこと？　ええい、あれもこれも僕の周囲は難題だらけだ。キワさんの言う通り、絡まった糸が解《ほど》けるのには、いろいろ段階が必要なのかな？」

小さな呟きに混じるもどかしい笙ちゃんの気持ちは、おいらにはちゃんと届いた。けれど、複雑な表情を浮かべて考え続ける笙ちゃんを、複雑な気持ちで黙って見詰めているしかないおいらだった。

おいらに思うところがあったので、日曜日にも連続してお見舞いに行くと、笙ちゃんが気になるのは、例の『三者鼎立』の件のようだ。今回は、笙ちゃん的には運悪く（？）出くわしてない。質問するきっかけにするつもりなのだろう、その機会をずっと待っているようだけれども、状況に変化がないと更に突っ込まれたとしても、おいらが返答することを期待できないと判断したようだ。

一つ深呼吸すると別のことを尋ねてきた。

「今日、葉ーさんも来るの？」

――うん、あとでね――

いつものようにに携帯片手においらと喋っていると、声が大きかったのか、見上げた先で、一人の看護師さんがこちらをじっと見ていたらしかった。笙ちゃんを見ているおいらからは、誰か分からなかった。

「やばっ、声、響いてた？　看護師さんににらまれちゃった」

――あ？　うん、病室に入るまでやめる？　んで、どの看護師さんがにらんでたって？――

「ああ、今はもうナースステーションの入り口に差し掛かっている、ちょっと年配の丸い印象の人、あの人、分かる？」

――ああ、あの人ね。多分にらんでいたんじゃないなあ――

「そうかな？　でも、病院で携帯はやっぱＮＧだもんね」

――うん、ちょうどいいか。それでね、笙ちゃん。この際だから、頼まれてくんない？　紹介するから、ここの病院の看護師長と仲良くなってほしいんだけど？――

「看護師長？　誰、それ？」

――さっき笙ちゃんをにらんでいたらしい人。あ、ちょっと待って。詳しくは病室に入ってからにする――

美里ちゃんの病室に入ると、嗅いだことのある柑橘系の石鹸の香りが鼻先を掠めた。おいらは匂いの所在を知っているけれど、笙ちゃんは、くんと嗅いで微かな引っかかりを感じたようなのに、引き戸を後ろ手に閉め、おいらの話を優先した。

――笙ちゃんのスマホのストラップになってる手鏡さ、元はさっきの看護師長さんのもんだったんだ――

それは俄然いきさつが気になるという表情で、尋ねた。

「これってあの看護師さんのセンスなの？」

――なんだよ～。ポイントはそこなの？――

「だって、この色合いで女性を想像するのは難しくね？ でも、手鏡かぁ」

おやおや、姫の為人《ひととなり》を表現するのにちょうどいいエピソードじゃないの。

――うー、それはね、購入理由がセンスに由来しないからだよ。笙ちゃんの周りにも一人くらいいるだろ？ 『売れ残り』って言葉にやたら弱いタイプ――

「『売れ残り』？ 夕方の半額セール的な？」

――まったくう、高校生の台詞？ 確かに、夕方お弁当とか半額のタイムセールがあるけど、そうじゃなくてさ。捨て犬とか捨て猫とかで、どこか器量が悪くて貰い手が現れなくて、残っちゃった子を連れて帰るタイプの人間のことだよ――

「あの看護師さん、そういうタイプの人なのね。あー、だからキワさんと友達になってくれたの？」

――ぶっ、笙ちゃん、そういうことは素直なだけにいきなり核心を突くんだから〜。でもね、始まりはそうだったかもね――

そうやって、いざ、おいらが経緯を話そうとしたら、突然ノックもせずに引き戸がカラリと開いた。

「それで、キワ、ユージも来るの？」

（えええっ、さっきにらんでたのって、看護師長さんだったの？　あれ？　そこじゃなくって、紹介したい人って、いや、そうじゃなくって、キワって呼んだ？　それに『ユージ』って誰？　聞いてないしっっ）

何を考えているか丸分かりになるくらい笙ちゃんはパニクっている。次から次に湧き上がる疑問符に、かえって言葉を失ってしまったようだ。そんな心の声が届いたのか届かないのか、姫は続けた。

「キワ、まだ紹介してなかったの？」

挙動不審に陥った笙ちゃんを素通りして、その視線はおいらをしっかりとらえながら、きびきび宣った。笙ちゃんは、目をむいたまま、固まった。

沈黙を破ったのは、爽やかな姫の声だった。

「キワ、早く私を紹介して」

――あのさ、笙ちゃんが固まっちゃってるよ。姫のペースで話すのは次回にしてくれる？　今日はおいら主導でいい？――

「あははっ、ごめんごめん。普段ユージと三人の時はアタシがリードしないと会話にならないからねぇ。初のパターンじゃない？　キワが見える人間が二人もいるのは？」

（この人も見えるんだ）

それは衝撃であり安心であり共感であり、笙ちゃんにとっては初めての同類との出逢いということになるだろう。笙ちゃんの衝撃は計り知れないけれど、この出逢いは、おいらにとっては重要なことなんだ。

――そうかなあ。いずれにしろ、まずは紹介からね。えー、こちらの看護師長さんは、おいらと葉山の同級生の『樫原理英子』で、綽名が『姫』。さっきから姫がユージって呼んでるのは、葉山のこと。名前が祐天寺《ゆうてんじ》の祐に司《ツカサ》で『祐司《ゆうじ》』だからだよ。姫は三人のリーダーみたいなもん。んで、こっちの高校生は――

「あ、キワさん、自分で」

――ん？　そだな――

葉山の名前が『祐司』だったなんて、記憶の片隅にも残ってなかったらしく、『誰のことかと思った！』的な表情だ。それはそれとして、姫は、実は笙ちゃんには名前を告げないまま友人という形で、話してきた人だった。

人物を特定できてほっとしたと同時に、それが女性というのは、笙ちゃんにとっては複雑なんじゃないだろうか。まあいいか。ともかく、ちゃんとお互いを知ってもらいたい。

「キワさんから、どんな情報がいってるか知れたもんじゃないんですけど」

「心配ないよ。キワの友人なのにいい子だって聞いている」

「えと、ちょっと安心しました。ともかく、中学生の頃からキワさんと葉ーさんのお世話になっている『佐藤笙太』です。現在都立広山高校の二年生です。今まで、姫さんのことは、友達という形でしか話してもらってなかったんで、女性とは思わなかったです。でも、いろんな話で登場してきた方が、姫さんだったんだなと推察してます。えと、高校生ごときですけど、キワさんや葉ーさんの誼《よし》みで、よろしくお願いします」

そう言って頭を下げようとしたら、姫は笙ちゃんの肩というより胸に近いあたりをポンと叩いて、その手を差し出した。

「お母さんみたいな年齢差だけどさ、彼らの関係なら友達だよ。握手しよう」

身長一五五センチくらいであろう姫を、笙ちゃんはすっかり見下ろす感じで見詰めた。慣れない感覚にどぎまぎしているようだが、言われるがまま、働く女性らしい少し乾いた手を握った。

――いろんなことを解決するのにさ、おいら達だけでなくて、看護師の立場からは姫、弁護士の立場からは葉山、高校生の立場、幽霊の立場、ってな感じで知恵を出し合ったらいいかなと思って――

「いろんなこと？」

「まあ、近頃その相談ばかりでね。アタシ相手だと、どうも愚痴に近くなっちゃうから、建設的でなくてね。一番はこの女の子のことかな」

頷く笙ちゃんの思いは、おいらには丸分かりだ。

（そうか、具体的に動ける大人が混じると、知恵を出してもらう以外にも行動に移すのが早いという利点もあるかもしれないな）

もちろんこの時の笙ちゃんは、まだ、花音ちゃんの存在も含めて、姫とおいらとあの人達が既にタッグを組んで、美里ちゃんのために動いたことは知らなかった。

葉山から来られないというメールが来たし、まだ夜勤を控えていた姫の都合もあったので、その日は短い自己紹介のようなもので終わった。ともかく三人寄れば文殊の知恵とまではいかなくとも、話しているうちによいアイデアが出るかもしれないと、次の週末に再会しようと首肯して別れた。

「ね、キワさん。土、日のどちらだと思う？　場所は葉ーさんの事務所かな、あ、やっぱり美里の病室というのがふさわしいかな？」

答えを期待しているわけではないのか、まるで独り言のようにおいらに喋りかけてくる。なぜか落ち着かない気分になる。

――笙ちゃん、姫のシフトもあるけど、葉山の都合もあるでしょ？　それになんだか別口から日程に関する情報が入ってきそうだよ。ちょっと待ってて――

そう言いつつ、二人とも落ち着かない夜を過ごし、週明けに笙ちゃんが登校すると、おいらの予想通り諒平君から声がかかった。アパートで見送ってからあまり時が経っていないので、笙ちゃんはその誘いにちょっと心拍数が上がったようだった。

彼はものすごく端的に土曜の都合を聞いた。訊かれたというよりは、決定事項を告げられた感じだったが、笙ちゃんはどう答えるか迷っているようだったので、こそっと告げた。

――大丈夫だよ。結局変わるから、おいら達の予定とはぶつからないよ――

耳だけ別の場所にも置いておけるのではないかと以前聞かれたことがあるが、今その場にいない人達のことも分かったりするのがおいら達幽霊の特技でもある。笙ちゃんにこんな説明をしたことがある。

――幽霊ってね、時間や空間の概念が生きてる人と違うみたいだよ。うまく言えないけど、特に意識して移動しなくても、知りたい人の知りたい情報は耳に入ってきたりするんだよ。むしろ、その情報を時系列に並べたり、整理したりすることが必要なくらいなんだよね。そっちの方が労力を要するもんね――

哲学的というか理解しにくい表現だけど、何しろ笙ちゃんは幽霊じゃない。実感しろっていう方が、無理だよね。

それにしても、結局おいらの言う通り、その日の夜には諒平君から都合がつかなくなったというライネが入り、次の週の土曜日に予定は移動することになった。

『さすが』とはもう言ってくれないけれど、笙ちゃんと出逢った頃から、これだけは優越感に浸れる特技だ。ただし、大抵の幽霊が本当ならできる普通の能力だということは、笙ちゃんには内緒だ。だって尊敬されていたいんだもん。

少し話が戻るが、笙ちゃんの不安をよそに、すっかり心の軽くなった諒平君は、その気持ちを早々に伝えたくて、朝からそわそわしつつの登校だったようだ。

夏休み直前というのに、今更五月病もないもんだと思うくらい週明けの教室はまだ人も疎《まば》らで、友人達が来るのを窓から眺めていた彼は、今か今かと待ち受けていた。すると、校門から見覚えのある丸いフォルムが入って来た。

「おおい、昴～」

諒平君は大声で呼ぶと、教室のある階まで昴君が上がって来るのを仁王立ちで待っていた。それから、待ってましたとばかりに捕まえて、早朝で人気のない特別教室の前の廊下まで、ズルズルと引きずって行った。

「週末、笙から何か連絡あった？」

「いいえ、なかったですよ」

「そっか。うー、じゃぁ、どーすっかな？」

「何かあったんですか？」

「ちょっと待って」

そのつもりだったにもかかわらず、いざ話すとなるとやはり事実をそのまま告げるかどうか逡巡するものらしい。そもそもたとえ予備知識のある事象であってもなかなか信じられないものを、たかだか心霊写真の前例程度で、起こったことを事実として受け入れさせるのは無理がないだろうか。口籠った諒平君の目がすっかり泳いでいるのを見て、昴君が気を利かせた。『いいコンビに育っているじゃないの』とおいらは独り言ちた。

「じゃ、私から少しいいですか？」

どう話し始めようか迷いの生じていたらしい諒平君が、同意の代わりに二、三回瞬きをして合図すると、昴君はふっくらした腕をちょっと無理矢理気味に組んで、話し始めた。

「一昨昨日の金曜日、帰り際に、一人で笙の家に招かれていましたよね」

「あ、知ってたのね」

「ええ。彼はイジワルで私を除け者にするようなタイプではないので、何か大切な話があるんだろうと思っていました。それは、写真に写り込んでいたモノの類《たくい》で、諒平絡みで何か話があったのではないですか？」

　当意即妙な言葉は、返答を拒む。

「彼は諒平との仲にひびが入るかもしれないのを覚悟の上で、何か指摘したのではないですか？」

　いやいや、図星すぎて感動的ですらある。

「へーすごいな。お前、鋭いな。じゃ、心霊写真のこと以外で、笙の特別な能力について何か知ってるの？」

「いえ、具体的には知らないです。でも一年の時、同学年の女子生徒が殺された事件があったでしょ？　それに関係のある女子について、彼が誰かと語っているのを聞いたことがあるんです」

「え、喋ってた？」

「ええ。その相手というのが訳アリというか、そこに存在していない存在というか、有り体に言えば幽霊（？）なんじゃないかと思ったんです。盗み聞きになっちゃうので、口に出したことはないですけど、写真のことも合わせると、何か不思議な能力を秘めているらしいことは、容易に想像がつきました。けど……」

　初耳の事実においらはびっくりしたけれど、昴君は何か知っているような気はしていた。だから、黙って二人の会話を聞くことにした。

「なる。そうか、昴は、でも友達だと言いたいんだな」

「はい、それは諒平もですよね、そして、あの能力は友情の障害になるでしょうか」

二人はこれでもかというくらいぐっと見詰め合い、お互いに表情を確認すると、異口同音に発した。

「関係ありません」

「関係ねーし」

二人はお互いにふいっと視線を外すと、にこっと笑んだ。

「そう、それをあいつに言いたかったんだ。だから、今週末も、笙ん家に泊まりがけで行かねーかと思って」

「そうですね、多分彼は私達のこういう気持ちを知るべきですね。そして諒平が私も誘ってくれるということは、私にも諒平のプライバシーを聞かせてくれるということですね」

「うん、そう」

諒平君は、もはや少しの迷いもなかったのだろう。即答だった。それを聞いた昴君の頬が少し赤らんでいるのを見て、何か微笑ましい気分に満たされた。

うわー、メッチャいい子達じゃん。

「いつにする？」

「やはり週末ですかね？」

「だな」

二人の間に爽やかな風が吹き抜けた。それがおいらだったとは、当の二人はまだ知らなかった。いつか、会話を聞いていたことも白状しなくちゃいけないかもしれないけれど、今は笙ちゃんに対する二人の気持ちを知って、おいらはすごく嬉しかった。

二人の間で約束が成立したからといって、当人の都合を無視するわけにもいかず、昼休みになると、諒平君はなんの前振りもなく、笙ちゃんの前に立った。

おいらはだんまりを決め込んだ。

「今度の土曜日、昴と行くから」

諒平君がそれだけ宣言すると、笙ちゃんは少し驚いたように目を見開いてから、にこりと笑った。

「うん、待ってるよ」

笙ちゃんがあんまり嬉しそうに笑うので、諒平君は余計な言葉がかえって出てこないようだった。それで、彼は随分善行をしたような気持ちが湧いてきて、その日の午後はずっと機嫌よく過ごしていた。おいらが注意したくなるくらいご機嫌で、授業中も鼻唄まじりになってましたが……。

「おや、唐澤君？　今日はどうかした？　君のご機嫌な鼻唄のおかげでなんとなく皆が落ち着かないんだけど」

五限の英語でアンドーにちょっと嫌味っぽく言われていた。けれど、それすらちっとも気にならないようだ。諒平君にとっては、改めて芽生えた友情への期待と、謎が解明した幸福感に満ちていたからかもしれない。

そんないい気分で帰宅した彼は、すぐ予定をお母さんに言おうと台所に立ち寄ると、驚いたことに先を越されてしまい、鼻唄気分はちょっと阻害されたようだ。

「ああ、諒平、ちょうどいいところへ。さっき小倉の家に電話を入れたら、今度の土曜日、三人で訪問することになったの。善は急げという感じかしらね」

多分早晩そういう日が来ることは理解していただろうけれど、予定が重なったことに鼻白んだらしい。ふとした翳りに、お母さんは一生懸命説明した。

「向こうのご両親はね、すごくすごく待ってらしたの。だから、諒平が知ったのなら、すぐにでもとおっしゃって。何か予定があったの？」

「うん、昴と笙ん家に行こうって」

「変更できない？」

「できるけど。そっちはなんか急だなと思って」

「そうね。でもあちらにしたら少しも急ではないから」

「そっか、そうだね。笙達にメールすっから」

本当は少し不安だから、二人の友人にすっかり話して気分が落ち着いてから会いたかったに違いない。けれど、お母さんの言うことはもっともだし、案外うだうだ考えてからじゃない方がすんなり事が進むかもしれないと、おいらは思っていた。どうやら諒平君もそういう結論に到達したのだろう、おいらには、彼の中でじわじわと覚悟が決まっていくのが見えた。多分これでよかったのだと思う。

それから、早速電話するのかと思いきや、諒平君てばスマホをいじっている。この期に及んでゲームかあ？　と思っていると違った。なるほど、クラマチの練習用に作ったライネのグループには、はなちゃんもいるから、新しいグループをちゃっちゃと作っている。遊んでいるのかと思えば、気が利くねぇ。

はなちゃんにどう説明するのかは知らないけれど、とりあえず、三人の新しいグループはトリオという名で、すぐに二人を招待していた。それから、都合が悪くなり、日程を変更したい旨を送信したようだった。

ここまできたら、もうおいら達の手は必要ない。あの家族が自分達で歩んでいくだろう。創平さんの霊と会釈し合って、別れた。

＊

それから、週末。ボク達三人は、ボクの実父、小倉創平さんの実家を訪ねるべく、揃っての外出となった。

めかしこむような柄ではないけれど、初めて会う人に悪印象を与えない程度にちゃんとした服装にしていた。明らかに新品感満載の着心地の悪さはよしとしよう。こなれたら、はなちゃんとのデート用だな。

って、彼女のＯＫがあればのハナシだけど。ああ、そんなことでも考えていないと、緊張のあまりどうにかなりそう。レンタカーの運転席が父さんで、助手席は母さんで、一人広々と後部座席にいても、普段のようにだらしなくもできず、ぐっと深く腰かけて呼吸も浅くなりがち。

そういえば、母さん、車は大丈夫なの？

旅行の時、車を使いたがらなかったのは、その事故のせい？

今まで、ボクの出自が秘密だから、語られなかった家の事情のあれこれが、急に疑問だ。気になるけれど、後部座席は、両親の話し声もあまり聞き取れないせいか、頭は整合性のない思考で、まるでフラッシュ映像のようだ。

駅近くのコインパーキングに車を停めて、そこから徒歩で入り組んだ道を行くと、そこは、小さな町工場が立ち並ぶ下町の一角だった。あちこちから人の声よりも、半分規則的な機械音が響いていた。

　昔ながらのサッシの引き戸の右上の方に『小倉』という表札がかかっている家は、戸口から仕事場が一望できるような家だった。

「創平さんのお父さんは、ここで何代か続く江戸指物の職人さんなのよ」

　母さんは小さく呟くと、開いている右側の戸口に体を半身入れるようにして、ちょっと大きめの声で訪《おとな》いを告げた。

「ごめんください。明日生です」

　母さんの背中越しに、削りたての木の芳香が漂ってきて、それまでの緊張を少しばかりほぐしてくれた。

　中を覗き見るボクの目に、小さめの物入れのようなものに向かっていた紺色の丸い背中から、ひょいと鼻眼鏡のおじいさんが振り向くのが映った。家の奥の方からは、タンタンタンとゆっくりした足取りで階段を下りて来る音が聞こえた。

「よく来たね。明日生さん、ありがとう」

　渋い面構えのおじいさんはそう言うと母さんに目で合図して、ボクの手を握った。微かに震えているのは、年齢のせいではないような気がして、胸が熱くなった。

「諒介さん、運転ご苦労様。この子が、」

　言葉をつまらせて、おばあさんは目を潤ませた。玄関先で留めてしまってと、ボク達を二階にある居間に招き入れた。初めこそ皆黙ってお互いに目を合わせてばかりいたのだけれど、父さんが発した一言で一斉に言葉が重なった。

「やっと連れて来られました」

「「ああ、本当に長かった」」

　生みの祖父母は、溜め息をつくように異口同音にもらした。

「やはり創平に似ているな」

「生まれた時、病院で見たきりだものねぇ」

「写真は行事ごとにもらっていたけど、やっぱり会いたかったなあ」

「すみません、なかなか諒平に説明できなくて」

　みんな思いのたけを述べ合った。そして、急に沈黙が訪れた。それを破ったのは、それまで黙って彼らを見ていたボクだった。

　何を喋っていいか分からなかったはずが、気が付いたら、ボクがこの事情を知った経緯や、笙や昴の話を長々とし続けた。

＊

諒平君の家族が新しい関係を温めている頃、おいら達は再び病院に来ていた。なにしろ、おいら達の心配は梅雨《つゆ》明けの空に流れる雲のごとく、美里ちゃんの行く末へと戻っていたのだから。

今のままでいいわけがない。

笙ちゃんが友情を深める週末は次週送りとなったので、当初の目論見通りというか、おいらとその仲間の方は、美里ちゃんの病室に集まることとなった。

「やあ、笙太君。よお、姫。久しぶり。姫は、キワと笙太君の三人でお喋りできるんだってなあ」

珍しくスーツでない葉山が、にこやかに挨拶しながら足取りも軽くやって来た。葉山ってばお世辞にもセンスがいいとは言い難い。ちょっぴり中年太りでお腹周りが豊かなのに、どこの中学生かというようなポロシャツにチノパンなんだもの。

(頓着しない葉ーさんらしい)なんて笙ちゃんは好意的に見ているが、姫をちらっと見て（女性の前なのに気にならないのかな？）なんて考えているのが見え見えだ。

　そんな笙ちゃんをよそに、姫が喋った。

「四人の中では君が希少生物だ」

「希少？　ってどういう意味だ？」

「キワが見えない」

「私は極平凡な男のつもりだ。世間的には君達が希少だろ？」

　二人は軽口をたたき合っている。こんなに気安い葉山の表情を初めて見るので、笙ちゃんはちょっとドギマギしている。

「わぁ、すごく仲がいいんですね。高校生の頃のままなんですか？」

　彼の素朴な疑問に二人同時に返答があった。

「冗談っ。ただの腐れ縁」

「どこがッ。ただの腐れ縁」

　やれやれ（どう否定しようとも、どう見てもやっぱり気が合っているとしか思えないよ）とばかりに、おいらを見るんじゃないよ。

――ほっといて大丈夫、いつも、こういうジャブの応酬の後、抱擁がやってくるから――

「えっ、僕の前で二人が抱擁するの？」

などと二度見するものだから、やっぱり同時に非難の声が。

「キワっ」

「キワッ」

そうして、すぐに落ち着いた雰囲気に戻った。葉山のこととなると、笙ちゃんてば面倒くさい。ちょっとうらやましそうに見ているので、付け加えた。

――単なるじゃれ合い。多分、笙ちゃんも諒平君や昴君とこうなんじゃないの？

それが生涯続くってことだよ――

「そんなもんなの？」

――そんなもん――

姫が、優しく口を挟んだ。

「ほんとキワにはもったいない子だよね。素直で頑張り屋で」

「姫、キワ、なんて？」

「いつかアタシ達三人みたいなお気楽な関係に、笙太君とその友達もなれるよってさ」

「ああ、スポーツ少年と非スポーツ少年ね」

「ええっ、そんな呼び方？　え？　あれ？　話したっけ？」

「ユージは名前が覚えられないだけでしょ？」

「えへんえへん、最近になってからね」

「昔からだったような気もするけど、まあいいでしょう。あ、キミのことは相当以前からかなりキワから聞いてるよ。そのままユージに筒抜け」

姫が軽く笑って言うのを聞きながら、（こんなに楽しい会話なら、ずっと続くといいなぁ）と笙ちゃんはぼんやりしている。それを愛おしそうに見つつ、葉山が話題転換をすべく話しかけた。

「笙太君、笙太君、で、この女の子のことで新しく分かったことはあるの？」

「えと、僕の周囲では残念ながら。だから今日は葉ーさんに期待して来たんだけど」

「僕の方でも残念な結果をお知らせしなくちゃいけないんだ。やはり個人情報なので開示は難しいって。よほどの事情がないといけないみたいだよ」

「あら、よほどの事情って？　例えば？」

「親族がいなくて入院の手続きが取れないのに専任の弁護士がいないとか、保護者に何かあって引き取り手をほかに必要とする場合とか。この子の場合、お義母さんがおいでだろ。彼女の依頼でもあれば私は動けるんだけどね」

「そっかぁ」

「まあ、妥当な話だわね」

「葉ーさん、あのね、『お義母さんが望んでいて、もし養子縁組してくれる人を見つけることができたら、いける？』ってキワさんが」

「うん、お義母さんの意向次第かな。ただし、彼女が目覚めてこうしたいという意思を表明したら別だけど。何しろ高校生は半分大人扱いだからねー」

「でもね、こういう事情を抱えた患者さんだとね、高校生とはいえ精神的に支えてくれる家族の存在は、すごく重要だと思うのよ。少なくとも、実社会に適応できるようになるくらいは、回復しないと」

――回復するのが前提？　それは今の状況ではハードルが高いかもねぇ――

「そう、回復が前提なのよ。あのお義母さん、根っから悪い人間のようには見えないから、将来的な算段があるのかもしれないわ。ただ、これだけ心に傷を負った子を包み込むようにして支えていけるタイプにも見えないから、期待しすぎは禁物かしら？

もし、彼女にその意思があったとしても、確か二人は親子になってまだ日が浅いわよね。難しいかもしれないわね」

「うん、僕も悪い人じゃないと思う。お見舞いしていてそう思うよ。ちゃんとお世話してるもの。でも、本当は学校も含めて、思い切って環境を変えられるといいんじゃないかとも思うんだけどな？　無理かな？」

　葉山が思案気に口を挟んだ。

「そうだなあ。そうするとお義母さんには、財産を処分して転職してでもこの子の将来を見据える、というような信念が必要かなあ」

　葉山の言葉に笙ちゃんは勢いこんだ。

「なら、なら、どうしたいのか、僕がお義母さんに聞いてみます？」

「いや、それはね、アタシの役割のようだよ。入院の手続きやその他諸々含めて、この状態を維持するのかとか、意識が戻ったらどうするのかとか、病院スタッフとして確認できる立場にあるからねぇ」

「ふむ。じゃあ、私はその判断次第で動くよ。お義母さんが家族を続けないと判断した場合や、その他の選択をしても、法的な手続きの説明や手助けを担当するのが妥当かな」

「お義母さんを、やめちゃうかな？」

――親としてどうかと、自問しているみたいだからねぇ。可能性高いかな
「ただ、信頼できる人に託そうと思っているような節はあるかな？　担当看護師に、あれこれ質問してたからねぇ」

「弁護士の知り合いとかは、いるのかな？　大きい家だし」

「さあ？　でも、伝手《つて》がある場合は、その弁護士の素性や弁護歴くらいは調べられるよ。そして、具体的に私が手伝わずとも、弁護士を紹介するとか、立場や知識で手助けできることは、あれこれあるからね。問題提起があった夕イミングで、姫から紹介してくれると話が早いな」

「次回いらした時には、看護に同席するようにして、顔見知りになっておこうかねぇ。知らないと信用も何もないもの」

「ああもう、二人はやることが決まったみたいですね。じゃぁ、僕はどうしよう？　何ができるのかな？」

「笙太君は、当面はないかな？　気にかけておいて、養子縁組先を考えるとか、必要

とあらばお義母さんを説得するとか。慌てなくても結局動くことになると思うよ」

「そうだといいんだけど。何もしないのって、すごく申し訳なくて」

その時、いつの間にか枕元に佇んでおいら達の会話を聞いていたらしい美里ちゃんとお母さんが、ふと微笑むのが目の端に映った。すると、同じ光景を目にした姫が呟いた。

「あら、いつからいらしたのかしら？　もしかして、早晩戻って来るかしらね？」

同じくその様子に気付いていた笙ちゃんも、同じように感じていたようだ。

「あ、姫さんもそう思いますか」

「期待したくなっちゃうわね。でも、まだなんとも言えないわね。こんなケース初めてで、分からない……」

おいらが、二人に直接聞いてみようと近づいたら、ふいっと消えてしまった。

病院からの帰り道、おいらは彼女達と具体的な話し合いができたことに満足感を覚えて、笙ちゃんにあれこれ喋りかけた。

しかし、笙ちゃんは上の空だった。

美里ちゃんを助ける役割がなかったことに消沈しているだけなく、土曜日の予定が友人達とうまく折り合わなくなったことにも、一抹の不安を覚えているようだった。

じっとしていては不安が増すばかりだからか、帰宅するなりアパートの玄関先を掃除し始めた。なにも考えないでいようと思って掃除を始めたらしいのに、自分の意思に反して喋っている。

「ねぇキワさん、あの後、あの親子うまく話せたのかな？」

傾きかけた太陽が屋根越しに向こう側を明るく照らす中、既に夜の七時を過ぎているというのに、今後の暑さを占うように空は赤く燃えている。そんな周囲の様子に無頓着なまま、笙ちゃんはアパートの廊下の手すりに雑巾を這わせているが、気が漫《そぞ》ろになって手に力が入っていない。自分でもそうと気が付くと、仕方なく一旦立ち止まって、溜め息をつくようにおいらを見詰めた。

――多分大丈夫、あのお父さんであのお母さんで、そして諒平君だよ。今度の土曜日、来るって言ったんでしょ？――

「うん、そだね、でも、昴も一緒だし……」

――あの二人は笙ちゃんのことがすごく好きだよ。それは、信じないといけない。

もし、あの話がなくても、来るってことは、友情に変わりはないってことだよ――

「そうだといいな……」

言いたい言葉を続けられなくて空を見上げる笙ちゃんの頭越しに、気持ちの良い暮れかけの夏空が広がっている。

「この前の大雨、雨も風もすごかったねー。雨が飛沫みたいに吹き付けて、歩くのも大変だったみたいだもんね」

――うん、ああいう雨を昔の人は、繁吹雨《しぶきあめ》って言ったみたいよ。あの後、雨が上がったら風だけ残って、すごい勢いで雲が翔け抜けたよね――

「うん、もうすっかり快晴だ」

――あそこも、涙の嵐の後で、きっとすっきり晴れ間が見えてるよ――

「そうだといいな……きっと、そうだね」

――笙ちゃん。気が重いのは分かるけど、諒平君と昴君とには、ちゃんと自分の能力のこと説明しなよ。友情に変わりはなくても、次の土曜日来るってことは、多分向こうもそのつもりなんじゃないの？――

（なんだ、お見通しだったか）とおいらを見る笙ちゃんは、そうかもしれないと思いながらも、楽しみなのか不安なのか訳が分からないような顔つきだ。

「うん、分かってるよ。それでダメならそれまでだし」

――こら、見縊《くび》るなよ。親友だろ――

「うん、大丈夫、信じてる」と頷くくせに、「この前までとは変わっちゃうかもしれない。少し距離ができてしまうかもしれない」と、やっぱり不安そうだ。

――もう受け入れてくれてるさ――

「そうかな？」

――そうさ――

翔け抜ける雲の、その上に広がる黄金《こがね》色に照る空は、笙ちゃんの上にも、昴君や諒平君の上にも同じように光を湛えているはずだ。笙ちゃんには教えてないけど、この間の二人の会話を思い出しながら、おいらはもう心配していない。

さて、次の土曜は、約束通り笙ちゃんの家に二人がやって来た。昴君のお父さんが「ぜひ乗ってくれ」というので、校門から贅沢にも自動車で……。

『諒平君てば、月曜日、チャリはどうすんのかな？』というおいらの問いを、笙ちゃんはスルーした。スルーというよりは、聞こえてないみたいだ。かなり緊張した面持ちで、珍しく玄関先で待っている。昴君からライネが来ていたけど、着く時間の連絡のはずで、待つ必要もないのにねぇ。

「おお、若様方、おつきになられましたか」

「苦しゅうない。この荷物を受け取れ」

「ばーか、なに言ってんだか。食わせねーぞ」

「ごめんなさぁい。今お持ちしまぁす」

「え～と、諒平、遜《へりくだ》りすぎじゃないですか？」

「いいんだよ、昴。こいつには、ちょっとくらい遠慮って文字を知らせないと」

着く早々彼らは漫才のような会話をして、もう既に楽しい気分になっている。笙ちゃんの緊張もあっという間にどこかに霧散して、おいらもウキウキしてきた。

もう肩のヒトの姿は見えない。

この間二人、否三人か、にあったことはまるでなかったような雰囲気だ。ほらね、笙ちゃん、全然心配ないでしょう？

昴君はまだ軽口がうまくないようで、ニコニコしながら、車の後部席からケーキの箱を持ち上げた。運転席の窓が音もなく下りると、お父さんが優しく訊いてくれた。

「忘れ物はないかい？」

返事がてら、二人は、少し腰を落として窓から覗き込むように、お礼を言った。

「ないようです。ありがとうございました」

「ないようです。ありがとうございましたぁ」

「いやいやポーター役だからね。運転手も兼任だよ。お、笙太君、今日もよろしくね」

「あ、いえ。こちらこそ食材をたっぷりありがとうございます。いつかお父さんもお寄りください。料理人さんにお出しするほどの腕じゃないけど、歓迎します」

「お、それは嬉しいお誘いだけど、遠慮しとくよ。次は家の店に来てね。もうすぐ夏休みでしょ？　こちらこそ腕を振るいたいんでね」

「やったー次は本物のイタ飯だぁ〜♪」

「ははは、本当だよ。じゃ、また」

そう言って左手で軽く合図すると、スマートに車を発進させた。

「ホント、昴とお父さんって、体型は似てるけど、行動のスマートさで似てねーなぁ」

「いえ、客商売ですから外面がいいんです。家では、お母さんから、そっくりって言われてますすよ。特に同じ家の中で生活してると、行動の端々に似たところができちゃうみたいですね」

「うん、家族ってそういうもんみたいだな。血のつながりがなくても、一緒に家族として生活することで似てくるんだな」

そう言う諒平君を静かに見詰めて、昴君が言った。

「あの、笙、今日はいろいろな話に時間がかかりそうですね。とりあえず、料理をしながら話を始めませんか？」

笙ちゃんが柔らかく頷いた。

それを見ながら、二人も黙って荷物を運んだ。これから三人の間で語られるいろんな事実に少し緊張して……。

エピローグ

三人の親子の間で長い話のあった時、おいらにも、創平さんの霊から記憶が手渡されていた。おいらの愚痴に黙って付き合っていた肩のヒトには、思い当たる節があったのだ。普段は何も喋らなかった彼の一言が添えられた。

――多分、君なら分かると思う――

平成という年号に人々がすっかり慣れ親しんだ頃のこと、痩身の美青年、小倉創平は酔っていた。高速で握るハンドルがこんなにも軽く感じたことはなかった。右目にかかる薄茶色の直毛を、いつもなら邪魔に感じて搔き上げるのに、それすら気にならないほど、体が火照っていた。

別に酒を飲んでいたからではない。

就職活動に成功し前途が洋洋と開けたから。

手持ちの赤い車より更に高級なスポーツカーを手にすることができるから。

助手席に美しい想い人が微笑んでいるから。

その女性との結婚が決まったから。

それら全てのことを、思うままに、しかも思いも寄らぬほど短時間に自分の手にできたからであった。

一週間前の夜、美しい想い人の高瀬明日生から、妊娠を告白された時は、こうしたこと全てが閉ざされたように思えた。閉ざされたというよりは、突然暗闇に放り出されたような心もとなさだったように思う。

彼女を帰宅させてから酒をあおった。酔い潰れれば事態が変わるわけでもないのに、記憶がどうにかなるまで飲まずにおれなかった。

確かに明日生は美しい。それは人形のような弱弱しいものではなく、生き生きとしてしかも意志の強い、見るからに女王のような輝きだった。だからこそ、数多《あまた》の求愛者を勝ち抜いた喜びは大きかったし、こういう結果になってしまったこと自体には、微塵も後悔はなかった。

ないけれども、自分がまだ二十二歳ということに哀れを感じるのであった。しかも、残念なことに、創平の就職活動はその夜の時点ではうまくいっているとは言いがたかった。求婚しても、彼女の両親の猛反対に遭って願いが叶う可能性は低いとしか思えなかった。

だから、自分の気持ちを固めるのに酒の力が必要だった。

何より、創平は優柔不断な男でも無責任な男でもなかった。既に決断は下していた。ただ、実行に移す勇気が、少しばかり欲しかった。酒の力を借りたと言われればその通りだったが、翌日、酔いが醒めると創平はすぐ行動した。

明日生に断りもなく彼女の実家を訪ねた。幸いなことに、その潔さが、彼女の父親の目には決断力として好意的に映った。

明日生の父は、中小企業ながら、大手の化学会社に素材を提供する優良企業を営む社長であった。彼女はその一人娘だったのだ。人を見る目に自負があった父親は、即座に多くのことを決めた。

そこから、創平にとっては嬉しいことがとんとん拍子に進んだ。もちろん、途中、帰宅した明日生に否やがあろうはずもなく、輝かしい手土産ばかりを持っての帰路だった。

忍んでも忍んでも、内側から笑みがこぼれた。そうしたふくよかな微笑みは創平の視界を狭くしていたのかもしれないけれど、単調な高速にあっては、眠気のささない高揚感はむしろ、普段ならスピード狂気味の青年を安全運転で行こうと鎮静化する効果があった。ゆえに、追い越し車線に入り込まず生真面目に車間距離を取って模範的な運転手を務めていた。

あってはいいはずのないことは、人智の及ばないところで起きるものである。

後から思えば、その几帳面な車間距離が災いしたのかもしれない。市場の開く時間に間に合わせようと追い越し車線を猛スピードで進んでいた中型のトラックが、高速を降りる地点へと移動するために、その赤い車の直前に割り込んだ。

十分な車間距離を見込んでのことだった。

創平の車は時速八十キロを少々超えていた程度だったから、追い越すトラックも時速百キロを超えてはいなかっただろう。プロのドライバーの力量をもってすれば、スピードオーバー気味であったにしても、決して危険域ということではなかったはずであった。

初秋の割に冷えた夜だった。翌早朝には初雪が観測されたくらいであったから、水気があればどうなるか想像も難しくなかろう。

運転にもその道にも慣れた中型トラックと、安全運転で減速しながら車間距離を取り直そうとしていた創平の車と、普段なら何かが起きるとも思えないシチュエーションだった。

だが、不幸なことに、双方とは無縁なところに遠因があった。随分前を走った水槽に入った鮮魚を載せた小型トラックの零《こぼ》した水が、小さな水溜まりをつくり、その凍りかけた水が、やはり築地に急ぐ中型トラックのタイヤに纏わりついた。

中型トラックは空回りに耐えきれず、ゆっくりと傾《かし》いで横滑りを始めた。

創平の車は、まだとっさに対応できるほどに車間距離が空いていなかった。急いでブレーキをかけながらハンドルを切ったけれど、同様に凍りかけの水にタイヤをとられ、車線変更できないままに横滑りし始めてしまった。

中型トラックは横転して、少し進むと止まった。

赤い車の中から、コマ送りのようにトラックが接近してくるのが見えた。ハンドルをどう回そうともはや突っ込むのは自明だった。

力任せにハンドルを左に切ったために、体が左向きに傾いだ瞬間、創平の左目の端を明日生が掠めた。近づいてくるトラックから目を外すことなく見据え、両手両足を縮めて腹を守るように体を丸めていた。腹が冷えぬよう、母親が持たせた厚手のショールをくるくると巻いて抱いているのが見えた。

守らなければ、オレの幸福の全てを。

創平の判断に一瞬の迷いもなかった。ハンドルを離すと、明日生に覆いかぶさった。衝撃と共に胸に何かが刺さるのを感じた。ぶつかった拍子にトラックの部品が一つ凶器になってしまい、創平は即死した。

暗転……。

霊として目覚めた創平が最初に抱いた想いは、自分の生を奪ったモノへの怒りだった。それは霊体からほとばしる昏い靄状の瘴気と比例していた。

それに魅せられるように、周囲からたくさんの昏い靄が集まってくるのも見えていた。中には、濃く渦巻く大きな塊もあって、どす黒い怨嗟の声が、自分を取り込もうしているが見えた。

けれど、怒りの矛先を見つけた途端、それにしか興味を持てなくなった。周囲の靄のことなど、どうでもよかった。怒りの矛先は、守りたかった女性の言葉で理性を取り戻し、創平の怒りを鎮めてしまった。

彼の体に靄っていた瘴気が光で霧散すると、周囲に集まってきた昏い靄も、光にかき消された。そして、光に包まれて命の灯が失われていく中で、創平はただ願った。

――何もいらない。明日生、オレは君を守りたい。ただ、君のそばにいたい――。

創平の想いが、小さな人の形となった。

お腹の子は、傷一つなく無事だった。創平の最期の決断が、小さな命の灯を消さずに守った。だが、男の子として生を受けたこの子は、小倉姓でも明日生の高瀬姓でもなく、唐澤諒平という名でこの世に存在することになった。

そして、この小さな霊が、常に寄り添うように守ってきたのである。


おいらは、小倉創平さんの最後の方の記憶に興味を奪われていた。

あの昏い靄は、アレなのか？　アレの原動力は、創平さんがそうであったように、奪われたことへの怒りなのか？

あんなふうに寄ってきたモノが集合したら、どうなるのだろう。より強固な存在に変容するのだろうか。なら、花音ちゃんが蹴ったアレも同じ類のモノなのか？
光にかき消されていたではないか。
なら、アレもどうにかできるかもしれない。
いや、それより、あの二人が同化吸収されてしまうのではないか？
それは、いかにしても、避けたい……。
急がなければ……

あとがき

幽霊キワさんと高校生笙ちゃんのオハナシも二作目になりました。前回は、実の父親との悲惨な関係に焦点を当てた内容で、とても陰鬱な気持ちで終わりました。ゆえに、今回は、なるべく父親との素敵な関係を描きたいと……目論見は成功しておりましたでしょうか？

そして、今回、高校二年生に進級した笙ちゃんが、親友を得て地味にだけど生き生きと青春を謳歌する姿や、幽霊だけど、同じく生き生き（？）と暗躍しているキワさんの過去にも光を当てました。もしかすると、キワさんがどういう幽霊なのか、予測のついた読者もおいでかもしれませんね。

それにしても、一冊に本にまとめるという作業はとても難儀です。文芸社さんに持ち込むまでにも、何度も構成を変更したり、人称を変えたり、削除したり、といじりまくりました。そのせいで、完成度は低くなっていたかもしれません。

ともかく、修正に次ぐ修正を経て、一応の完成をみたので、文芸社さんに検討していただくことにしました。こんな経緯ですから、正直、自信がありませんでした。そう考えると、先ずは、上梓することを決めてくださった出版企画部の飯塚さんに感謝しないといけません。

そして、当然の帰結として原稿に起こしてみたら、誤字脱字などで真っ赤《か》っ赤《か》でした。それを、丁寧に確認してくださった編集部の宮田さん始め校正担当の方にも心から感謝したいと思います。作業の煩雑さを思えば、足を向けて寝られませんよ……

そして、何よりも、無名作家の本を手に取ってくださったアナタ。本当にありがとうございます。とても嬉しいです。

そんなアナタが、あとがきを読んでいるということは、最後まで堪能してくださったんですよね？　と勝手に判断して、次作を上梓できるよう精進したいと思います。

何しろ、キワさんの秘密、笙ちゃんの両親のその後、理事長との関係、美里ちゃんの将来……と謎解きはまだまだありますもの。遅筆ですが頑張りますので、待っていてくださいね。

なるべく多くの方のお目に触れることを祈りつつ、感謝を込めて……

著者プロフィール

二ツ木 斗真（ふたつき とうま）

◆1963年５月８日に兵庫県で生まれ、10歳からは東京育ちで、在住歴は、はや48年ほど。

◆早稲田大学教育学部を卒業した後、一旦一般企業に就職しましたが、出産に憧れて寿退社。以来、主婦歴30年で３男児を育てました。

◆さて、子育ての一段落が近づくにつれ、何だか人生が面白みに欠けるように思えてきたので、子どもの頃抱いた小説家になる夢を叶えるために活動することにしました。書き始めてから11年ほどですが、まだ頑張って書き続けます。応援してくださいね

◆2014年６月に東京図書出版から『秘匿〜少年（弟）〜』、2018年２月に文芸社から『紅嵐《アカアラシ》×《ニ》渡雲《ワタルクモ》』を上梓しました

繁吹雨《シブキアメ》×《ニ》翔雲《カケルクモ》

2021年12月15日　初版第１刷発行

著　者　二ツ木 斗真

発行者　瓜谷 綱延

発行所　株式会社文芸社

〒160-0022 東京都新宿区新宿１－10－１

電話 03-5369-3060（代表）

03-5369-2299（販売）

印刷所　株式会社暁印刷

ISBN978-4-286-23074-0